余秋雨

人生風景

卷首感言

余秋雨

三年前，時任上海辭書出版社社長的李偉國先生來電，說要編一本我的「語錄」。「語錄」這詞，意思很平常，但在中國文化中，無論是古代還是現代，都被賦予了某種奇怪的色彩，讓人聞之卻步。幸好，作家張愛玲為她那位文化程度不高的姑媽編過幾頁語錄，讓事情回到了平常。

現在要編的語錄，無非是從我以前出版和發表的書籍、文章、演講中摘取一些能夠獨立分割出來的段落，給比較繁忙的讀者帶來一點方便。我想了一想，同意了。

我不知道廣大讀者是如何看待這些語錄的，自己卻有一個意思要向大家表述——我的那些書籍和文章，就像是栽種在山間的一棵棵樹木，栽種之時不敢想像它們的葉子會被一片片採摘。因為在我看來，樹葉之美，在於樹木的能量和姿態；樹木之美，在於山巒的能量和姿態；山巒之美，在於天地的能量和姿態。

因此，樹葉不宜採摘。

但是，此論不可絕對。寒冬季節，萬木凋零，山河失色，只有夾在書本間的那些樹葉還為人們保留著某種記憶。即便不在冬季，世上還有很多人無暇或無力暢遊山林，那麼，幾片樹葉，也算是一種不俗的饋贈。

眼前這本書，就是從我栽種在山間的那些樹木中採摘下來的葉子，它們脫離了曾經滋養它們的枝幹，卻在這裡拼接出了一個圖案，這個圖案叫「人生」。

如果讀者願意湊近一聞，說不定還殘留著山林的依稀氣息。

目錄 Content

人生風景

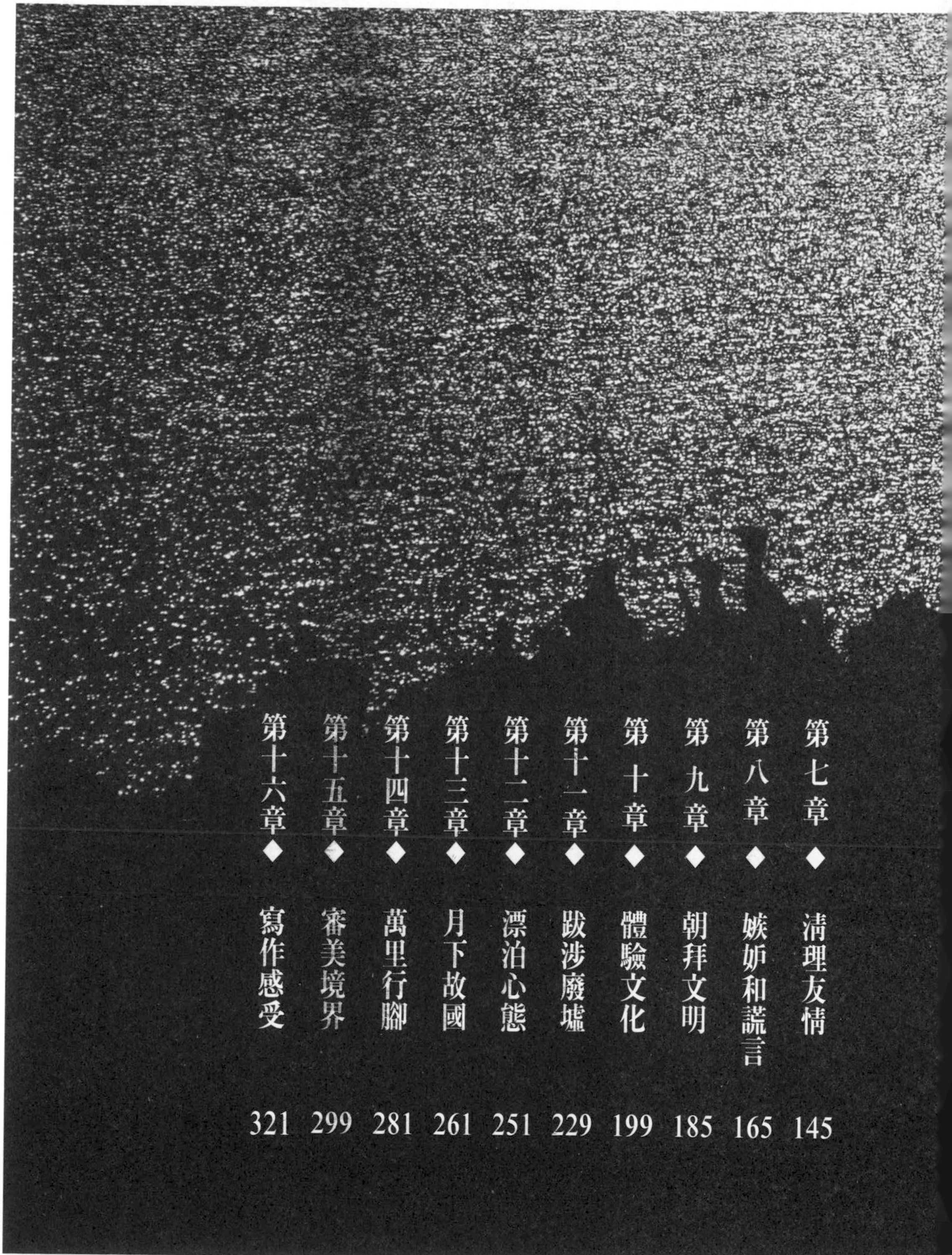

第一章 人生滋味

人生滋味

人生的過程，在多數情況下遠遠重於人生的目的。
人生的滋味，在於品嘗季節的詩意——從自然的季節到生命的季節。

那天，我實在被蒙古草原西邊的胡楊林迷住了。薄暮的霞色把那一叢叢琥珀般半透明的樹葉照得層次無限，卻又如此單純，而霧氣又朦朧地瀰散開來。

正在這時，一匹白馬的身影由遠而近，騎手穿著一身酒紅色的服裝，又瘦又年輕，一派英武之氣，但在胡楊林下，只成了一枚小小的剪影，劃破寧靜……

白馬在我身邊停下，因為我身後有一個池塘，可以飲水。年輕的騎手和氣地與我打招呼，我問他到哪裡去，他靦腆地一笑，說：「沒啥事。」

「沒啥事為什麼騎得那麼快？」我問。

他遲疑了一下，說：「在帳篷打牌，撲克牌少了幾張，到鎮上去買副新的。」確實沒啥事。但他又說，這次他要騎八十公里。

他騎上馬遠去了，那身影溶入夜色胡楊林的過程，似煙似幻。

我瞇縫著眼睛遠眺著，想：他不知道，他所穿過的這一路是多麼美麗；他更不知道，由於他和他的馬，這一路已經更加美麗。

八十公里的絕世美麗，與他的目標——那副撲克牌相比，孰重孰輕？

我要用這個景象來比擬人生。人生的過程，在多數情況下遠遠重於人生的目的。但是，世人總是漠然於琥珀般半透明的胡楊林在薄霧下有一匹白馬穿過，而只是一心惦念著那副撲克牌。

請不要過於在乎馬匹起點和終點的那個賭局。賭局窗外，秋色已深。

每天早晨，雁群起飛了。橫過朝霞，穿越白雲，沖出陣風，投入暮靄，最後，在黑夜的蘆葦蕩中棲息。

它們天天以黑暗作為歸宿。

不錯，朝霞、白雲、陣風、暮靄都匆匆來去，不能成為歸宿，歸宿只能是黑暗。但是對雁群而言，能刺激它們全部生命行動的，卻是與黑暗對立的一切。行動重於歸宿，歸宿只是為了明天的行動。

不要為人生制定太多歸宿性的目標。一切目標都是黑暗的，至少是朦朧的，只有行動才與光亮相伴。

我們的不少學者，只會低頭尋訪一個個蘆葦蕩裡的雁宿窩，而不會抬頭仰望雁群真正的生活空間。他們說，空中已無翅影，窩中才有落羽。他們說，萬里長天太空洞了，只有滿腳泥濘才是學問。

這也許沒有說錯，是正確的。但是，學問不是人生，如果雁群也有「人生」。雁群的「核心價值」，是飛翔。

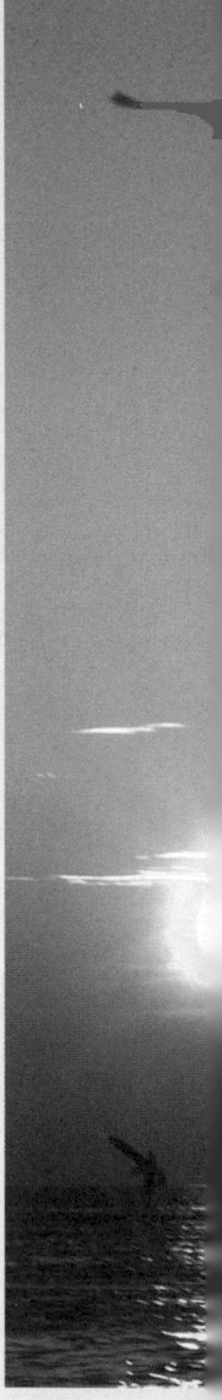

當代國際戲劇理論有一本經典，The Empty Space，譯為《空的空間》。這個書名譯得有趣，卻很準確。

一直想借用這個命題來感悟人生。我們的活動空間對我們而言都是「空」的，因為活動是過程，不留印痕。但是，惟活動的生命才真實，因此只有「空的空間」才能驗證我們的真生命。

以空求實，無異於以真求假。

人生是天時的恩賜，但大家常常忘了。

太多奇怪的座標干擾了人們對天時的感受。大家那麼不在乎春天中的細雨，細雨中的雷鳴，雷鳴後的暑氣，暑氣後的涼風……

人們在乎的，是成功、奮鬥、學位、職稱、資歷、官階、升遷以及與此相關的應酬、開會、傾軋、青燈、黃卷……

最被冷落、也最羞於見到的，是從小就見到過的那一些中國字：立春、雨水、驚蟄、清明、穀雨、小滿、芒種、夏至、處暑、白露、秋分、霜降、小雪……

讓它們回來吧，回到生命深處。

我們的人生已沾濕白露，過些天，又回到霜降的時節，每一段都是詩的意境。在詩面前，何謂「成功」？

人生的滋味，在於品嘗季節的詩意——從自然的季節到生命的季節。

季節，不品嘗也在。但只有品嘗，詩意才會顯現。

有了詩意，人生才讓人陶醉。

人人都在人生中，但發現人生，卻需要特殊的眼光。

甚至，需要特殊的仁慈。

我記得這樣一個歷史情景。「文革」災難結束後好些年，幾位中年婦女終於零零散散地見面了，見面時都三分欣喜、七分尷尬。原因是，她們的父親，都是一代領袖，在剛剛過去的政治鬥爭中，互相劍拔弩張、你死我活，而且全國不知有多少無辜者，因他們的搏鬥而遭殃。她們幾個，隨著她們的父親，有時得勢，有時下沉，直到筋疲力盡，滿目蒼涼。

她們見面時，很多歷史學家、傳記作家還在為她們父親的是非曲直、血淚恩仇而爭吵。

她們見面時，不知如何在笑容中負載歷史，在口氣中揮走過去——這些幾十年前堪稱「紅色貴族」的姊妹淘。

終於，其中一位女士的一句話消解了一切。
她父親的官職，曾名列全國前四位，後又被批判而慘死。
她對昔日的姊妹說：我們的父親都不在了，我們全都成了沒有父親的女兒。
這就從政治的眼光，上升到了人生的眼光。
這種眼光，十分不易。因為在中國，早就習慣於把一切人生細節，全都「上升」為政治。
這位女士逆向而行，回歸歷史的仁慈。

為什麼發現人生的眼光才是仁慈的眼光？
人因差異而爭鬥，又因爭鬥而擴大差異，並把擴大了的差異當成了真實。
但是人生畢竟存在太多的共同點。發現人生，就是發現共同點，發現溝通的可能。

年邁的皇帝祭祖，儀畢，在陵園門口見一躬身相送的老人。
皇帝凝視守陵老人，皺眉，搖頭，歎氣，上輦離去。
臣子們不知聖上何意，立即排查守陵老人的履歷和疑點。疑點甚多，每條都足以使皇帝皺眉、搖頭、歎氣。守陵老人一生見過皇室的各色人等，他有可能劃入任何一個反叛勢力和篡權集團。

更有確實證據，守陵老人還在清明時節，去那些皇室離異人士荒蕪的墓地，燒過紙。

於是，守陵老人被驅逐回鄉。

第二年，皇帝又要祭祖。前兩天，他吩咐過，祭祖那天要與那位守陵老人談話。

臣子們一片慌亂。快馬奔馳，接回了老人。

那天，皇帝吩咐侍從，扶起跪在陵園門口的守陵老人，上下打量著，又是皺眉、搖頭、歎氣，然後說一聲：「我們都老了，比這兒所有的人都老。」

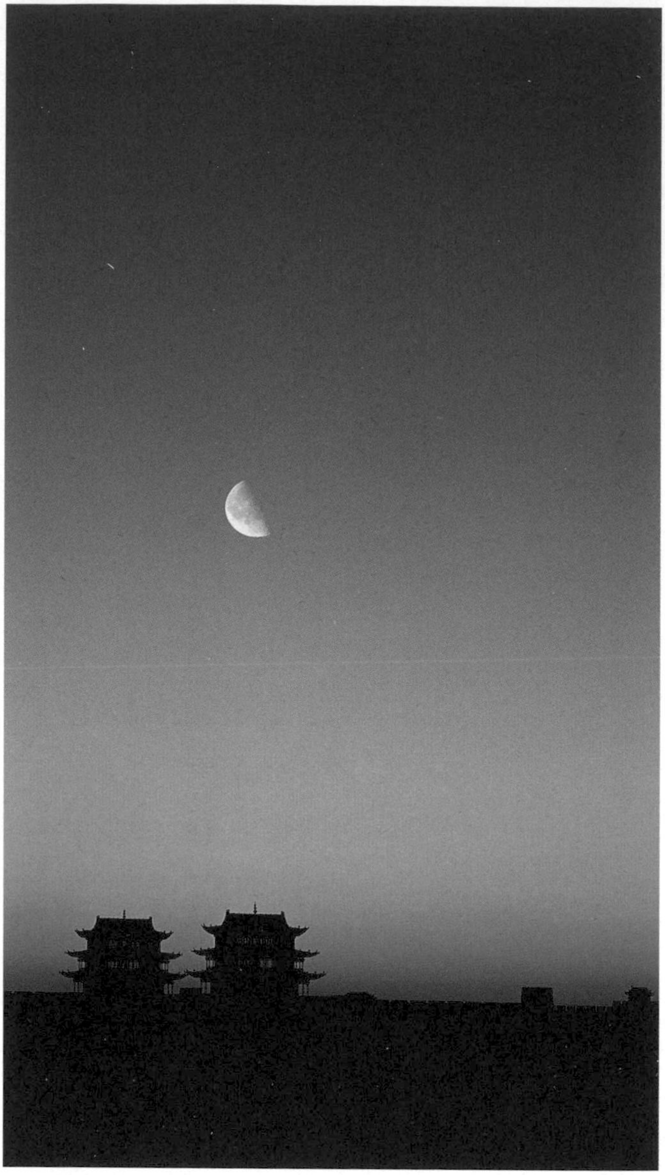

守陵老人不敢接話。

「初次見面，我們還都是小孩。」皇帝說，「在一起玩，玩蹴鞠，誰摔倒你就扶誰，但我只摔倒一次。」

守陵老人輕聲應「是」，卻不敢抬頭。他心中想，摔倒最多的皇家兄弟，早已在宮廷爭鬥中落敗。

突然靜默。守陵老人知道，皇帝也想到了什麼。他想輕聲說一句：「我年年去他們墳頭燒紙。」但只是想想，當然沒有說。

皇帝終於又歎了一聲：「都老了，你多保重吧。」

第二年，陵園門口再也沒有出現這位皇帝和這位守陵老人。他們去世的時間只隔了半個月。

——把這件事記錄下來的是守陵老人的同齡表弟，一位鄉村老秀才。他更重要的筆墨是《內宮蹴鞠》，想來也是根據守陵老人的口述記錄皇家兄弟年幼時的遊戲專案，但僅留目錄，不見文本。

歷史反覆刻印的，是皇家兄弟間的殘酷爭鬥。遺佚不存的，是童年嬉戲和白頭歎息。因此中國歷史逮住的，大多是無聊的嘈雜，失去的，卻是天下人生。

經常有人問我：你為什麼不懲罰那個在報刊上大肆誣陷你的年輕人？

我說：不饑餓的二十歲，有權利胡言亂語的二十歲，讓人心軟。

有人又問：你為什麼不懲罰向他散佈謠言的那個老年人？

我說：聽說他身體很不好，折騰了一輩子還沒有找到別的謀生方式，真是讓我同情。

我這麼說，沒有半點譏諷的成分。因為我經歷過饑餓的二十歲，更見過周圍無數既讓人厭惡又讓人同情的老人。是真實的人生讓我清醒，讓我寬宥。

上海的某些街道，曾聘請一批退休老人上街阻止隨地吐痰的行人，效果不錯。

本來，隨地吐痰必須罰款，這個法規早已公佈，但執行時總是麻煩重重。千條理由，百般道歉，躲來躲去，總想逃脫。但今天，遞上來罰款單的人，滿頭白髮，滿臉皺紋，慈祥地微笑著，載足了人世間的全部道義，因此也聚集了周圍所有的目光。

這般陣勢，誰能逃脫？

是白髮和皺紋，清洗了上海的街道？如此說法有些不忍。應該說，為了城市環境，不得已動用了人生倫理：這是祖父、祖母們的命令。

讓人生的終極階段來包抄後路，才使他們理屈詞窮。

我想複述二十多年前一篇小說的情節。

這篇小說當時是在一本「地下雜誌」上刊登的，沒有公開發表，我也是聽來的，不知道作者是誰。但影響似乎不小，題目好像是〈在公園的長椅上〉。

寫的是一個國民黨人和一個共產黨人的大半輩子爭鬥。兩人都是情報人員，一九四九年之前，那個國民黨人追緝那個共產黨人，一次次差點得手，一次次巧妙逃遁；一九四九年之後，事情倒過來了，變成那個共產黨人追緝那個國民黨人，仍然是一次次差點得手，一次次巧妙逃遁，但畢竟棋高一著，國民黨人進入了共產黨人的監獄。誰知「文革」一來，全盤皆亂，那個共產黨人被造反派打倒，與老對手關進了同一間牢房。大半輩子的對手，相互盡知底細，連彼此家境也如數家珍。年年月月的監獄生活使他們成了好友。

「文革」結束，兩人均獲釋放。政治結論和司法判決都不重要，重要的是，兩人已經誰也離不開誰，天天在一個公園的長椅上閑坐。

更重要的是，這一對互相追緝了大半輩子的男人，都已經非常衰老。終於有一天，一位老人只能由孫兒扶著來公園了。另一位本來也已感到了獨行不便，看到對方帶來了孫兒，第二天也就由孫女扶著來了。

雙方的孫兒、孫女正當年華，趁著祖父談話，便在附近一個亭子中閒聊開了。他們說得很投機，坐得越來越近。兩位祖父抬頭看去，不禁都在心中暗笑：「我們用漫長的半輩子才坐到了一起，他們用短短的半小時就走完了全部路程。」

——這篇小說過於刻意纖巧，但在處處還是「政治掛帥」的時代，提供了一種以人生為歸結的思維。怪不得，當時的公開雜誌都不敢發表。

中國歷史上有許多違反生活常態的重大爭鬥雖然堂皇地載入史冊，卻沒有多少是非曲直可言，而流放失敗者的海南島卻以天真未鑿的尋常生態使那種爭鬥顯得無聊。那種爭鬥會使參與者和旁觀者逐漸迷失，而尋常生態則能使人們重新清醒，敗火理氣，返璞歸真。

回想起來，我們從小就是在一種反常的文化氣氛中長大的，周圍的一切都在誘使我們努力去做一種不尋常的人。所有聽得到的精彩故事都讓人熱淚盈眶，所有可想像的重要景象都鮮血淋淋。那時我還是小學生，經常在禮堂裡排隊聽各種戰爭故事，禮堂牆壁上畫著一幅中國地圖，每個戰爭故事發生的地點都可以在地圖上找到。我太小，伸手只能摸到海南島。抬頭一看，海南島只是中國地圖下的一個點，有了這個點，中國也就成了一個碩大無朋的大問號。我沒有及時被這個問號驚醒，拖拖拉拉直到中年，才知道了何謂尋常，何謂反常。

人生是由許多小選擇組成的，但也會遇到大選擇。

小選擇和大選擇的區別，並不完全在於事情的體量和影響。

一隻關在籠子裡的天鵝在世界美禽大賽中得了金獎，偶爾放飛時卻被無知的獵人射殺，這兩件事都夠大，但對這隻天鵝來說，都不是它自己的選擇。相反，它的不起眼的配偶在它被射殺後哀鳴聲聲、絕食而死，則是大選擇。

我們也許已經開始後悔，未能把過去那些珍貴的生活片段保存下來。殊不知，多少年後，我們又會後悔今天。如果有一天，我們突然發現，投身再大的事業也不如把自己的人生當作一個事業，聆聽再好的故事也不如把自己的人生當作一個故事，我們一定會動手動筆，做一點有意思的事情。不妨把這樣的事情稱之為「收藏人生的遊戲」。讓今天收藏昨天，讓明天收藏今天，在一截一截的收藏中，原先的斷片連成了長線，原先的水潭連成了大河，而大河，就不會再有腐臭和乾涸的危險。

絕大多數的人生都是平常的，而平常也正是人生的正規形態。既然大家都很普通，那麼就不要鄙視世俗年月、庸常歲序。不孤注一擲，不賭咒發誓，不祈求奇蹟，不想入非非，只是平緩而負責地一天天走下去，走在記憶和嚮往的雙向路途上。這樣，平常中也就出現了滋味，出現了境界。秋風起了，蘆葦白了，漁舟遠了，炊煙斜了，那裡，便是我們生命的起點和終點。

想到起點和終點，我們的日子空靈了又實在了，放鬆了又緊迫了，看穿了又認真了。外力終究是外力，生命的教師只能是生命本身。那麼，就讓我們安下心來，由自己引導自己，不再左顧右盼。

拿起自己十歲時候的照片，不是感歎青春不再，而是長久地逼視那雙清澈無邪的眼睛。它提醒你，正是你，曾經有過那麼強的光亮，那麼大的空間，那麼多的可能，而這一切並未全然消逝；它告訴你，你曾經那麼純淨，那麼輕鬆，今天讓你苦惱不堪的一切本不屬於你。這時，你發現，早年自己的眼神發出了指令，要你去找回自己的財寶，把不屬於自己的東西放回原處。

昨天已經過去又沒有過去，經過一夜風乾，它已成為一個深奧的課堂。這個課堂裡沒有其他學生，只有你，而你也沒有其他更重要的課堂。

誰也不要躲避和掩蓋一些最質樸的人生課題，如年齡問題。再高的職位，再多的財富，再大的災難，比之於韶華流逝、歲月滄桑、長幼對視、生死交錯，都成了皮相。北雁長鳴，年邁的帝王和年邁的乞丐一起都聽到了；寒山掃墓，長輩的淚滴和晚輩的淚滴卻有不同的重量。

也許你學業精進、少年老成，早早地躋身醇儒之列，或統領著很大的局面，這常被視為成功，但又極有可能帶來一種損失——失落了不少有關青春的體驗。你過早地選擇了枯燥和莊嚴，艱澀和刻板，連頑皮和發傻的機會都沒有，就這麼提前走進了中年，真是一種巨大的虧欠。

也許你保養有方、駐顏有術，如此高齡還是一派中年人的節奏和體態，每每引得無數同齡人的羨慕和讚歎，但在享受這種超常健康的時候應該留有餘地，因為進入老年也是一種美好的況味，用不著吃力地搬種夏天的繁枝，來遮蓋晚秋的雲天。

什麼季節觀什麼景，什麼時令賞什麼花，這才能使人生變得完整和自然。「暖冬」和「寒春」都不是正常的天候。

離以色列和敘利亞之間的格蘭高地不遠。

教堂門口出現了一隊隊前來參拜的小學生，穿著雪白的制服，在老師的帶領下一路唱著悅耳的聖詩。老師倒著身子步步後退，以笑臉對著孩子，用背脊為孩子們開路，周圍的人群為他們讓出了一條道。

真不願相信這些天真可愛的生命遲早也要去承受民族紛爭的苦難。上一代應該像這些老師，不是邁開自己的腳步讓孩子們追隨自己積聚的仇恨，而是反過來，每一步都面對潔淨無瑕的孩子。只要面對孩子，一切都好辦了。

「搖啊搖，搖到外婆橋」，不知多少人是在這首兒歌中搖搖擺擺走進世界的。人生的開始總是在搖籃中，搖籃就是一條船，它的首次航行目標必定是那座神秘的橋，慈祥的外婆就住在橋邊。我們在搖籃裡構想的這座橋好像總在一個小鎮裡。因此，不管你現在年齡多大，每次坐船

進入江南小鎮，心頭總會滲透出幾縷奇異的記憶，陌生的觀望中潛伏著某種熟識。

歷史的結論，往往由孩子們決定。

安徒生久久地缺少自信，不僅出身貧寒，而且是小語種寫作，是否能得到文學界的承認？他一直想成為當時比較有名的奧倫斯拉格（Adam Oehlenschlager）這樣的丹麥作家，卻受到各方面的嘲笑。不止一位作家公開指責他只會討好淺薄浮躁的讀者，連他的贊助人也對他完全失望。

其實，他早已成為一個偉大的文學巨匠。那些他所羨慕、拜訪、害怕的名人，沒有一個能望其項背，更不必說像奧倫斯拉格這樣的地區性人物了。

原因是，他建立了一個從人生起點開始的文學座標，審核著全人類的文學在什麼程度上塑造了世道人心。

一切裝腔作勢的深奧，自鳴得意的無聊，可以誆騙天下，卻無法面對孩童。

不久前，在上海，一位原默默無聞的中年音樂教師因患不治之症而進入危急狀態，他的兩個學生聞訊中止了在國外的演出，趕回來為老師舉行了一場挽留生命的音樂會。

這件事被市民知道了，那天，很多與音樂專業沒有什麼關係的家長帶著自己的孩子擠進了音樂會現場，在聽完演奏之後，鼓勵孩子走向募捐箱，一雙雙小手在黑亮的鋼琴邊上幾乎組成了一個小樹林。然後，家長們又帶著孩子們上街買花，找到音樂教師的宿舍，從宿舍一樓到五樓的樓梯，立即被密密層層的鮮花鋪滿。

這些場景，都大於音樂，而直接觸及人生。一旦觸及人生，你看連最冷漠的街道也會激動起來。那天居然有那麼多家長牽著自己的孩子在街市間奔忙，想起來實在有點讓人興奮。

高中畢業的體驗是永遠無法重複的。一群既可稱為少年也可稱為青年的人突然要為自己的「專業」做出選擇了，選擇的範圍又毫無限制。人的一生只有這極短的無限制狀態，今後永遠也不會再有了。照理父母應該來限制一下，但他們那時也正在驚喜自己養育的成果怎麼轉眼之間擁有了那麼多可能，高興得暈顛顛的，一般也拿不定主意。於是，在那個絕對不應該享有那麼大決定權的年歲，做出不知輕重的決定。那個夏天那麼煩熱又那麼令人興奮，只有樹上的知了在幸災樂禍地叫著，使很多人成年後不願再回憶這種叫聲。

人類最愛歌頌的是初戀，但在那個青澀的年歲，連自己是誰還沒有搞清，怎能完成一種關及終身的情感選擇？因此，那種選擇基本上是不正確的，而人類明知如此卻不吝讚美，讚美那種因為不正確而必然導致的兩相糟踐。

在這種讚美和糟踐中，人們會漸漸成熟，結識各種異性，而大約在中年，終於會發現那個「惟一」的出現。但這種發現多半已經沒有意義，因為他們肩上壓著無法卸除的重擔，再準確的發現往往也無法實現。

既然無法實現，就不要太在乎發現，即使是「惟一」也只能淡然頷首、隨手揮別。此間情景，只要能平靜地表述出來，也已經是人類對自身的嘲謔。

嘲謔的主題是年齡的錯位。為什麼把擇定終身的職責，交付給半懂不懂的年歲？為什麼把成熟的眼光，延誤地出現在早已收穫過了的荒原？只要人類存在，大概永遠也逆轉不了這種錯位，因此這種嘲謔幾乎找不到擺脫的彼岸。

我不贊成太多地歌頌青年，而堅持認為那是一個充滿陷阱的時代。陷阱一生都會遇到，但青年時代的陷阱最多、最大、最險。

反覆歌頌一片佈滿陷阱的土地，其後果可想而知。我不知道人類為什麼要不斷地重覆這個惡作劇，甚至看到了一代代殘酷的後果仍不知收斂。我相信這中間一定有不負責任的社會活動家和陰險的政客故意設置的計謀，他們對青年的歌頌是以慫恿的方式達到招募的目的。其中比較可以原諒的是一些理性水平不高的老人，他們以歌頌來緬懷已逝的歲月，以失落者的身分追尋失落前的夢幻。

青年時代的使命，是以驚喜和謙卑之心，努力讓自己單薄的生命接通人類。

青年人應該懂得，在我們出生之前，這個世界已經精彩而又複雜地存在了無數年。我們初來乍到，能夠站穩腳下的一角，已是萬幸。從這一角紮下根去，刻苦鑽研，必能與世界的整體血脈相通，必能與歷史的悠久魂魄相連。只有這時，我們的生命才會出現重量。

在長白山的林間小屋前，我看到過幾根獵戶遺下的棍棒。

它們還沒有從大地汲取足夠的營養，還沒有對世間綻放嬌嫩的綠色，卻被拔擢、被砍伐了。它們變成了又枯又乾、又硬又滑的棍棒，在驅趕禽鳥、撞擊萬物的過程中變得越來越驕橫。它們被使用得烏黑油亮，在棍棒群中也算是前輩了。直到有一天，看到自己當年的同齡老夥伴們早已長成了參天巨樹，它們才驀然震驚，自慚形穢。

我不知道現在媒體間成千上萬個年輕的「評論家」是否聽懂了我的比喻，那就讓我再說一遍——

樹木本來是可以有很多種用途的，最悲慘的是在尚未成材之時被拔離泥土，成了棍棒。

一個人的生命，可以變得無限精彩，精彩得遠遠超出他自己和旁人最大膽的預期。可惜的是，絕大多數人在年輕時代就被塑造定型，難於精彩了。

第一種是「常規塑造」，而一切常規塑造大多是平庸塑造。這種塑造，一般由家長和教師為主角，以既成的社會職業為範本，使大量前途「無可限量」的年輕人早早地得到了「限量」，成了契訶夫筆下的「套中人」。

第二種是「機謀塑造」，而一切機謀塑造大多是邪惡塑造。這種塑造，一般以生存技巧為藉口，以壓倒他人為目的，使大量渴望成功的年輕人早早地學到了弱肉強食的叢林原則，終生不再與大愛、至善真正結緣。

這兩種塑造，都會讓塑造者和被塑造者高興很久。但他們不知道，他們也聯手堵塞了一個生命走向精彩的神秘通道。

在那條神秘通道上，除了對人類的終極關懷，一切都不確定。日日夜夜都在不斷選擇，年年月月都有不同風景，小心翼翼地護佑著生命，走出一程，又走出一程……

青年時代，是一個訓練選擇能力的時代。

這種訓練應該呈現出很多專案，讓接受訓練的青年人不斷出錯，又不斷校正，最後終於懂得了選擇。

這種訓練的最大失敗，是某個青年人僥倖而平庸地完成了選擇，因此等到訓練結束，他還不知道選擇的本義。

我的青春，和災難相伴。

我的搏鬥，堪稱英勇，並把搏鬥的腳印留在那塊土地上。

這是我驕傲的履歷。

有人說，為什麼要把腳印留在災難的土地上？

他們自己似乎是「飛」過災難的，因此與腳印無關，與災難無關。

與災難無關的人也與中國無關。

沒有離開中國卻與中國無關，實在值得同情。

成熟是一種明亮而不刺眼的光輝，一種圓潤而不膩耳的音響，一種不再需要對別人察言觀

色的從容，一種終於停止向周圍申訴求告的大氣，一種不理會哄鬧的微笑，一種洗刷了偏激的淡漠，一種無須聲張的厚實，一種能夠看得很遠卻又並不陡峭的高度

我一直認為，某個時期，某個社會，即使所有的青年人和老年人都中魔了，只要中年人不荒唐，事情就壞不到哪裡去。

在中年，青澀的生命之果變得如此豐滿，喧鬧的青春衝撞沉澱成了雍容華貴，連繁重的社會責任也有可能溶解為日常的生活情態。

到了該自立的年歲還不知道精神上的自立，這是中國很多中年人的共同悲劇。

天天期待著上級的指示、群眾的意見、家人的說法，然後才能跨出每一步——這是尚未精神斷奶的標誌。

最可怕的是，誰也沒有斷奶，而社會上又沒有那麼多上好的乳汁，因此開始了對各種偽劣飲料的集體吮吸。在一片響亮而整齊的吮吸聲上面，是那些爬滿皺紋卻還未蒼老的臉。

中年人最容易犯的毛病，是把一切希望都寄託於自己的老年。如今天天節衣縮食、不苟言笑、忍氣吞聲，都是在爭取著一個有尊嚴、有資財、有自由的老年。

但是，我們無數次看到了，一個窩囊的中年抵達不到一個歡快的老年。這正像江河，一個混濁的上段不可能帶來一個清澈的下段。

習慣了鬱悶的，只能延續鬱悶；習慣了卑瑣的，只能保持卑瑣。而且，由於暮色蒼茫間的體力不支、友朋散失，鬱悶只能更加鬱悶，卑瑣只能更加卑瑣。

只有在中年樹起獨立的桅杆，揚起高高的白帆，唱出響亮的歌聲，才會有好風為你鼓勁，群鷗為你引路，找到一個個都在歡迎你的安靜港灣，供你細細選擇。

中年人的堅守，應該從觀點上升到人格，而人格難以言表。在中年人眼前，大批的對峙消解了，早年的對手失蹤了，昨天的敵人無恨了，更多的是把老老少少各色人等照顧在自己身邊。

請不要小看這「照顧」二字，中年人的魅力至少有一半與此相關。

中年人失去方寸的主要特徵是忘記了自己的年齡，一會兒要別人像對待青年那樣關愛自己，一會兒又要別人像對待老人那樣尊敬自己。明明一個大男人卻不能對任何稍稍大一點的問題作出決定，頻頻找領導傾訴衷腸，出了什麼事情又逃得遠遠的，不敢負一點責任。在家裡，他們訓斥孩子就像頑童吵架，沒有一點身為人父的慈愛和莊重；對妻子，他們也會輕易地傾瀉出自己的精神垃圾來釀造痛苦，全然忘卻自己是這座好不容易建造起來的情感樓宇的頂梁柱；甚至對年邁的父母，他們也會任性賭氣，極不公平地傷害著已經走向衰弱的身影。

西方一位哲人說，只有飽經滄桑的老人才會領悟真正的人生哲理，同樣一句話，出自老人之口比出自青年之口厚重百倍。對此，我不能全然苟同。

哲理產生在兩種相反力量的周旋之中，因此它更垂青於中年。世上一切傑出的哲學家都在中年完成了他們的思想體系，便是證據。

人生就是這樣，年輕時，怨恨自己年輕，年邁時，怨恨自己年邁，這倒常常促使中年處於一種相對冷靜的疏離狀態和評判狀態，然後一邊慰撫年幼者，一邊慰撫年老者。我想，中年在人生意義上的魅力，就在於這雙向疏離和雙向慰撫吧。

因雙向疏離，他們變得瀟脫和沉靜；因雙向慰撫，他們變得親切和有力。但是，也正因為此，他們有時又會感到煩心和惆悵，他們還餘留著告別天真歲月的傷感，又遲早會產生暮歲將至的預感。他們置身於人生渦漩的中心點，環視四周，思前想後，不能不感慨萬千。

老年是如詩的年歲。這種說法不是為了奉承長輩。中年太實際、太繁忙，在整體上算不得詩。青年時代常常被詩化，但青年時代的詩太多激情而缺少意境，按我的標準，缺少意境就算不得好詩。只有到了老年，沉重的使命已經卸除，生活的甘苦也已了然，萬丈紅塵已移到遠處，靜下來的周際環境和放慢了的生命節奏加在一起，構成了一種總結性、歸納性的輕微和聲，詩的意境出現了。

除了極少數命苦的老人，老年歲月總是比較悠閒。老年人可能不會寫詩或已經不再寫詩，但他們卻以詩的方式生存著。看街市忙碌，看後輩來去，看庭花凋零，看春草又綠，而思緒則時斷時續、時喜時悲、時真時幻。

當然會產生越來越多的生理障礙，但即便障礙也構成一種讓人仰視的形態，就像我們面對枝幹斑駁的老樹，老樹上的枯藤殘葉，也會感到詩的存在。

老人的寂寞就如同老人的衰弱，無可避免。這有點殘酷，但這種殘酷屬於整個人類。

年老的人，會產生一種「審美畏怯」。

審美畏怯是一種奇特的心緒，大多產生於將要見到那些從小知名的物象之前。年輕時會歡天喜地地直奔而去，年長後便懂得人世間這種物象並不很多，看掉一個就少一個，因此愈加珍惜起來。

那時我十三歲，經常和同學們一起到上海人民公園勞動，每次都見到一對百歲夫妻。公園的阿姨告訴我們，這對夫妻沒有子女，年輕時開過一個手錶店，後來就留下一盒子瑞士手錶養老，每隔幾個月賣掉一個作為生活費用。但他們萬萬沒有想到，自己能活得那麼老。

因此，我看到的這對老年夫妻，在與瑞士手錶進行著一場奇怪的比賽。他們不知道該讓手錶走得快一點還是慢一點。琤琤琤的手錶聲，究竟是對生命的許諾還是催促？我想在孤獨暮年的深夜，這種聲音是很難聽得下去的，幸好他們夫妻白頭偕老，昏花的眼神在這聲音中每一次對接，都會產生一種嘲弄時間和嘲弄自己的微笑。

他們本來每天到公園小餐廳用餐，會點兩條小黃魚，這在饑餓的年代很令人羨慕。但後來有一天，突然說只需一條了，阿姨悄悄對我們說：可能是剩下的瑞士手錶已經不多。

我很想看看老人戴什麼錶，但他們誰也沒戴，緊挽著的手腕空空蕩蕩。

所謂一個時代的結束，那就是組成那個時代的主要代表人物，彼此之間無論是終身夥伴還是終身敵手，都會在差不多的時間離開世界。風雲歲月終於被歲月本身所消解，只剩下風燭殘年的無奈。

中青年的世界再強悍，也經常需要一些蒼老的手來救助。平時不容易見到，一旦有事則及時伸出，救助過後又立即消失，神龍見首不見尾。這是一種早已退出社會主體的隱性文化和柔性文化，隱柔中沉積著歲月的硬度，能使後人一時啟悟，如與天人對晤。老年的魅力，理應在這樣的高位上偶爾顯露。不要驅使，不要強求，不要哄抬，只讓它們成為人生的寫意筆墨，似淡似濃，似有似無。

水邊給人喜悅，山地給人安慰。水邊讓我們感知世界無常，山地讓我們領悟天地恆昌。水邊讓我們享受脫離長輩懷抱的遠行刺激，山地讓我們體驗回歸祖先居所的悠悠厚味。水邊的哲

學是不捨晝夜，山地的哲學是不知日月。

正因為如此，我想，一個人年輕時可以觀海弄潮、擇流而居，到了老年，則不妨在山地落腳。

長江的流程也像人的一生，在起始階段總是充滿著奇瑰和險峻，到了即將了結一生的晚年，怎麼也得走向平緩和實在。

記得早年在一本書上讀到，有一次費希特患病的夫人出現了危險的症狀，他本該留下侍候，但原先約定的一次重要演講來不及推掉了，只得忍痛前往。沒想到等他心急火燎地回來，夫人的病情居然有所好轉，他激動地流著眼淚與夫人擁抱親吻。人們說，正是這種擁抱親吻使他傳染上了夫人的病，而且因此去世。現在我看著他們夫妻倆的合葬墓癡想，世間多數廣場演講者的家裡，總有一位妻子等著，等得非常殷切，絕不會不等他回來就獨自離去。一次次等待，直等到長眠在一處。

沙傑汗這個皇帝不管在政治上有多少功過，他留在印度歷史上最響亮的名聲應該是「傑出的建築狂」。他主持的建築難以計數，最著名的要算他為皇后泰姬瑪哈（Taj Mahal）修建的泰姬陵。

泰姬皇后在他爭得皇位之前就嫁給了他，同甘共苦，為他生了十四個孩子，最後死於難產，遺囑希望有一個美麗的陵墓。沙傑汗不僅做到了，而且遠遠超出亡妻的預想。這個陵墓，由兩萬民工修建了整整二十二年。有人說，由於沙傑汗過於沉迷於大量豪華建築，把從阿克拔（Akbar）開始積累的大量財富耗盡了，致使莫臥兒王朝盛極而衰。這也許是對的，但從歷史的遠處看過去，一座建築，有可能比一個王朝更重要。

有兩個場面讓我感動。沙傑汗在妻子死亡以後，有兩年時間不斷與建築師們討論建陵方案，兩年後方案既定，他已鬚髮皆白。泰姬陵造好後，他定時穿上一身白衣去看望妻子的棺槨，每次都泣不成聲。

他與他的祖父阿克拔遭到了同一個下場：兒子篡權。他的三兒子奧倫澤布（Aurangzeb）廢黜並囚禁了他，囚禁地是一座塔樓，隔一條河就是泰姬陵。

他被囚禁了九年，每天會對妻子的亡靈說些什麼呢？我想，他心底反復念叨的那句話用中國北方話來說最恰當：「老伴，咱們的老三沒良心！」

幸好，他死後，被允許合葬於泰姬陵。

甘地墓。

我們把花輕輕地放在墓體大理石上，然後繞墓一周。墓尾有一具玻璃罩的長明燈，墓首有幾個不繡鋼雕刻的字，是印度文，我不認識。但我已猜出來，那不是甘地的名字，而是甘地遇刺後的最後遺言：「嗨，羅摩！」

一問，果然是。羅摩是印度教的大神，喊一聲「嗨，羅摩」，相當於我們叫一聲：「哦，天哪！」

那麼，這是我見過的最聰明的墓碑了。說是最後遺言，其實是最後的呼叫。生命最後發出的聲音最響亮又最含糊，可以無數遍地讀解又無數遍地否定，鐫刻在墓碑上讓後人再一遍遍地去重覆，真是巧思。

不要因為害怕被別人誤會而等待理解。現代生活各自獨立、萬象共存。東家的柳樹矮一點，不必向路人解釋本來有長高的可能；西家的槐樹高一點，也不必向鄰居說明自己並沒有獨佔風水的企圖。

做一件新事，大家立即理解，那就不是新事；出一個高招，大家又立即理解，那也不是高招。沒有爭議的行為，肯定不是創造；沒有爭議的人物，肯定不是創造者。任何真正的創造都是對原有模式的背離，對社會適應的突破，對民眾習慣的挑戰。如果眼巴巴地指望眾人理解，創造的純粹性必然會大大降低。平庸，正在前面招手。

回想一下，我們一生所做的比較像樣的大事，連父母親也未必能深刻理解。父母親締造了我們卻理解不了我們，這便是進化。

人類的智慧可以在不自由中尋找自由，也可以在自由中設置不自由。環顧四周多少匆忙的行人，眉眼帶著一座座監獄在奔走。老友長談，苦歎一聲，依稀有鋃鐺之音在歎息聲中盤旋。

人生不要光做加法。在人際交往上，經常減肥、排毒，才會輕輕鬆鬆地走以後的路。我們周圍很多人，實在是被越積越厚的人際關係脂肪層堵塞住了，大家都能聽到他們既滿足又疲憊的喘息聲。

我們對這個世界，知道得還實在太少。無數的未知包圍著我們，才使人生保留進發的樂趣。如果真有哪一天，世界上的一切都能明確解釋了，這個世界也就變得十分無聊。人生，就會成為一種簡單的軌跡，一種沉悶的重覆，那又何必來辛辛苦苦地折騰一遭？

至今記得初讀比利時作家梅特林克《卑微者的財寶》時受到的震動。他認為，一個人突然在鏡前發現了自己的第一根白髮，其間所蘊含的悲劇性遠遠超過莎士比亞式的決鬥、毒藥和暗殺。這種說法是不是有點危言聳聽？開始我深表懷疑，但在想了兩天之後終於領悟，確實如此。

第一根白髮人人都會遇到，誰也無法諱避，因此這個悲劇似小實大，簡直是天網恢恢、疏而不漏，而決鬥、毒藥和暗殺只是偶發性事件。這種偶發性事件能快速置人於死地，但第一根白髮卻把生命的起點和終點連成了一條綿長的邏輯線，人生的任何一段都與它相連。

嚮往峰巔，嚮往高度，結果峰巔只是一道剛能立足的狹地。不能橫行，不能直走，只享一時俯視之樂，怎可長久駐足安坐？上已無路，下又艱難，我感到從未有過的孤獨與惶恐。世間真正溫煦的美色，都熨帖著大地，潛伏在深谷。君臨萬物的高度，到頭來構成了自我嘲弄。我已看出了它的譏誚，於是急急地來試探下山的陡坡。人生真是艱難，不上高峰發現不了什麼，上了高峰又抓住不了什麼。看來，注定要不斷地上坡下坡、上坡下坡。

培根說歷史使人明智，也就是歷史能告訴我們種種不可能，給每個人在時空座標中點出那讓人清醒又令人沮喪的一點。不知天高地厚的少年英氣是以尚未悟得歷史定位為前提的，一旦悟得，英氣也就消了大半。待到隨著年歲漸趨穩定的人倫定位、語言定位、職業定位以及其他許多定位把人重重疊疊地包圍住，最後只得像《金色池塘》電影裡的那對夫妻，不再企望遷徙，聽任蔓草堙路，這便是老。

第二章 人格尊嚴

人格尊嚴

人格尊嚴，最強大又最脆弱：強大在脆弱中，脆弱在強大中。人格的天地是清風明月，柔枝漣漪，細步款款，淺笑連連。

我的朋友，在我遠離期間，死了。

他為了一件不太大的事，找過很多人。多數都是要人，對於他們而言，要解決那件事，只是舉手之勞，而且，是非公道，一清二楚。

但是，誰也不願舉手，因為他們擔心，那件不太大的事背後，也許會有一絲不確定的因素。他們與我朋友的友情和承諾是早就確定了的，卻為了那一絲還沒有出現的不確定，消釋了。

是非公道，也全歸於零。

他們的冷漠和婉拒，剝奪了我朋友的人格尊嚴。如果這樣做是出於捍衛他們自己的人格尊嚴，那倒罷了，卻不是，他們從頭到底都不太在乎自己和別人的人格尊嚴。他們溫和地告誡我的朋友：「這就是當今中國官場的一種處事原則，你在外面待久了，不明白。」

我的朋友明白了，他吐血而亡。當然，不僅僅因為這件事，他身體本來就不好。

——這是一個很古典的故事。歷來總有一些高貴的人，把生命的理由與人格尊嚴連在一起。

有人說，事情很小，犯不著搭上生命。但他們不知，事情的大小不能光看表面情節。上海公共汽車上一個老人無故遭到售票員的侮辱，當場氣死，是同樣的道理。

我的另一位朋友還健康活潑地活著，他叫周濤。

他寫道，北方寒冷，人們要在地窖裡躲好幾個月，幸好那個地窖的上方玻璃窗上，天天有一隻小鳥來與人們隔窗逗趣。人們一天也離不了那隻守信的小鳥。

春天來了，人們移開玻璃窗的第一件事，是把那隻小鳥抓在手裡。當手掌慢慢伸開就發現，小鳥已經死了——它是被氣死的。

人格尊嚴，最強大又最脆弱：強大在脆弱中，脆弱在強大中。人格尊嚴，不可泛化。「泛神論」即無神論。同樣，泛人格即無人格，泛尊嚴即無尊嚴。

一般來說，利益之爭、事功得失、權位升落、一時是非，都與人格尊嚴無關，即使有所爭執也只能就事論事，不必義憤填膺。

人格尊嚴的防線，在於人道原則、個人信仰、基本誠信、自身體面。

一家龐大的企業在國際市場上競爭失利，資產折半，乍看大大有損於董事長的人格尊嚴，其實未必；但是，這天他駕車出門見到路邊一個老人跌倒受傷而未予理會，則會對他的人格尊嚴產生極大的負面影響。

按照中國的傳統，遭受批判歷來無損人格尊嚴。

批判的目的無非是為了剝奪被批判者的人格尊嚴，但奇怪的是，中國近代以來真正具有人格尊嚴的名人，幾乎沒有一個未曾遭受過批判。未曾遭受過批判的名人，反而都黯然失色，被人忘卻。

批判像一塊粗礪的抹布，往往使擦拭的物件越加清晰亮堂。

蘭花香了，遠遠就能聞到。遊客們紛至遝來，但在走近它時都放慢了腳步，走得很輕，無語無笑。究竟有一種什麼樣的崇高力量，在無形中隨著香氣進退，讓人不得不恭敬起來？

臘梅開了，這種力量又在隱約。人們為了不去驚動，連壓在花瓣上的雪片，也不去抖落，連積在花枝下的雪堆，也不去清掃。孩子們也懂得輕輕擺手：「噓，到別處去燃放鞭炮！」

離蘭花和臘梅非常遙遠的沙漠，長年無水。那成片的胡楊樹，居然幾百年不枯死；終於死了，又幾百年不倒地；終於倒地，又幾百年不腐爛。

植物界的尊嚴已讓人動容，更不必說動物界。

因尊嚴，萬事萬物才默然自主，悄然而立；因自立，琳琅世界才有跡可循，有序可尋。

沒有尊嚴，世間便是一個爛泥塘。

中國文化的一個不良徵兆，是有越來越多的文人把「忍辱心理」、「敬惡主義」、「避禍哲學」推崇為「生存智慧」。

不錯，放棄人格尊嚴，立即就能生龍活虎。但是，在無數「生龍」和「活虎」之間，人在哪裡？

西方文化人類學家說，一切文化最終都沉澱為人格。當那麼多文化人都在反覆提倡為了生存而放棄人格，那麼，文化何何？文化何存？文化何義？

歷史的角落裡，常常躲藏著一些極不對稱的人格抗衡。

當年拿破崙縱橫歐洲，把誰也不放在眼裡，有一天突然發現，在義大利的國土之內居然還有聖馬力諾這樣一個芥末小國。他饒有興趣地吩咐部下，找這個小國的首領來談一談歷史。誰知一談之下他漸漸嚴肅起來，雙目炯炯有神，立即宣佈允許聖馬力諾繼續獨立存在，而且可以再撥一些領土給它，讓它稍稍像樣一點。

但是，聖馬力諾人告訴拿破崙，他們的國父說過：「我們不要別人一寸土地，也不給別人一寸土地。」國父，就是那位石匠出身的馬力諾。

我相信這個回答一定使拿破崙沉默良久。他連年奪城掠地，氣焰薰天，沒想到在這最不起眼的地方，碰撞到了另一個價值系統。他沒有發火，只是恭敬地點頭，同意聖馬力諾對加撥領土的拒絕。

這件事，略知西方美術史的人都不陌生。但是，當我站在阿姆斯特丹的林布蘭故居前，忍不住還想複述幾句。

事情發生在一六四二年，林布蘭三十六歲。這件事給畫家的後半生全然蒙上了陰影，直到他六十三歲去世還沒有平反昭雪。

那年有十六個保安射手湊錢請林布蘭畫群像，林布蘭覺得要把這麼多人安排在一幅畫中非常困難，只能設計一個情景。按照他們的身分，林布蘭設計的情景是：似乎接到了報警，他們準備出發去查看，隊長在交代任務，有人在擦槍筒，有人在扛旗幟，周圍又有一些孩子在看熱鬧。

這幅畫，就是人類藝術史上的無價珍品《夜巡》。任何一位哪怕是對美術未必摯愛的外國遊客，也要千方百計擠到博物館裡看上它一眼。

但在當時，這幅畫遇上了真正的麻煩。那十六個保安射手認為沒有把他們的地位擺平均，明暗、大小都不同，不僅拒絕接受，而且上訴法庭，鬧得沸沸揚揚。

整個阿姆斯特丹不知有多少市民來看這幅作品，看了都咧嘴大笑。這笑聲不是來自藝術判斷，而是來自對他人遭殃的興奮。這笑聲又有傳染性，笑的人越來越多，人們似乎要用笑來劃清自己與這幅作品的界線，來洗清它給全城帶來的恥辱。

最讓後人驚訝不已的是那些藝術評論家和作家。照理他們不至於全然感受不到這幅作品的藝術光輝，他們也有資格對愚昧無知的保安射手和廣大市民說幾句開導話，稍稍給無端陷於重圍的林布蘭解點圍，但他們誰也沒有這樣做。他們站在這幅作品前頻頻搖頭，顯得那麼深刻。市民們看到他們搖頭，就笑得更放心了。

有的作家，則在這場可恥的圍攻中玩起了幽默。「你們說他畫得太暗？他本來就是黑暗王子嘛！」於是市民又哄傳開「黑暗王子」這個綽號，林布蘭再也無法掙脫。

只有一個掙脫的辦法，當時親戚朋友也給他提過，那就是再重畫一幅，完全按照世俗標準，讓這些保安射手穿著鮮亮的服裝齊齊地坐在餐桌前，餐桌上食物豐富。林布蘭理所當然地拒絕了，因為他有人格尊嚴。

那麼，他就注定要為人格尊嚴而面對無人買畫的絕境。那些評論家和作家就是為了避免這種可怕的代價而放棄了人格，落井下石。

直到他去世後的一百年，阿姆斯特丹才驚奇地發現，英國、法國、德國、俄國、波蘭的一些著名畫家，自稱接受了林布蘭的藝術濡養。

林布蘭?不就是那位被保安射手們怒罵、被全城恥笑、像乞丐般下葬的窮畫家嗎?一百年過去，阿姆斯特丹的記憶模糊了。

那十六名保安射手當然也都已去世。他們，怒氣衝衝地走向了永垂不朽。

好像是在去世前一年吧，林布蘭已經十分貧困，一天磨磨蹭蹭來到早年的一個學生家。學生正在畫畫，需要臨時雇用一個形貌粗野的模特兒，裝扮成劊子手的姿態。大師便說：「我試試吧！」隨手脫掉上衣，露出了多毛的胸膛……

這個姿態他擺了很久，感覺不錯。但誰料不小心一眼走神，看到了學生的畫框。畫框上，全部筆法都是在模仿早年的自己，有些筆法又模仿得不好。大師立即轉過臉去，滿眼黯然。他真後悔這一眼。

記得我當初讀到這個情節時心頭一震，淚如雨下。不為他的落魄，只為他的自我發現。

低劣的文化環境可以不斷地糟踐大師，使他忘記是誰，迷迷糊糊地淪落於鬧市、求生於巷陌——這樣的事情雖然悲苦卻也不至於使我下淚，因為世間每時每地都有大量傑出人物因不知自己傑出、或因被別人判定為不傑出而消失於人海。不可忍受的是他居然在某個特定機遇中突然醒悟到了自己的真相，一時如噩夢初醒，天地倒轉，驚恐萬狀。

此刻的林布蘭便是如此。他被學生的畫筆猛然點醒，一醒卻看見自己脫衣露胸像傻瓜一樣站立著。更驚人的是，那個點醒自己的學生本人卻沒有醒，正在得意洋洋地遠覷近瞄、塗色抹彩，全然忘了眼前的模特兒是誰。

作為學生，不理解老師是稀世天才尚可原諒，而忘記了自己與老師之間的基本關係卻無法饒恕。從《夜巡》事件開始，那些無知者的誹謗攻擊，那些評論家的落井下石，固然顛倒了歷史，但連自己親手教出來的學生也毫無惡意地漠然於老師之為老師了，才讓人泫然。

學生畫完了，照市場價格付給他報酬。他收下，步履蹣跚地回家。

義大利的假面喜劇本是我研究的對象，也知道中心在威尼斯，因此那天在海邊看到一個面具攤，便興奮莫名，狠狠地欣賞一陣後便挑挑揀揀選出幾副，問明價錢準備付款。

攤主人已經年老，臉部輪廓分明，別有一分莊重。剛才我欣賞假面的時候他沒有任何反應，甚至也沒有向我點頭，只是自顧自地把一具具假面拿下來，看來看去再掛上。當我從他剛剛掛上的假面中取下兩具，他突然驚異地看了我一眼，沒有說話。等我把全部選中的幾具拿到他眼前，他終於笑著朝我點了點頭，意思是：「內行！」

正在這時，一個會說義大利語的朋友過來了，他問清我準備購買這幾個假面，便轉身與老人攀談起來。老人一聽他流利的義大利語很高興，但聽了幾句，眼睛從我朋友的臉上移開，擱下原先準備包裝的假面，去擺弄其他貨品了。

我連忙問朋友怎麼回事，朋友說，正在討價還價，他不讓步。我說，那就按照原來的價錢吧，並不貴。朋友在猶豫，我就自己用英語與老人說。

但是，我一再說「照原價吧」，老人只輕輕說了一聲「不」，便不再回頭。

朋友說，這真是強脾氣。

但我知道真實的原因。老人是假面製作藝術家，剛才看我的挑選，以為遇到了知音，一討價還價，他因突然失望而傷心。是內行就應該看出價值，就應該由心靈溝通而產生尊重。

這便是依然流淌著羅馬血液的義大利人。自己知道在做小買賣，做大做小無所謂，是貧是富也不經心，只想守住那一點自尊。職業的自尊，藝術的自尊，人格的自尊。

去一家店，推門進去坐著一個老人，你看了幾件貨品後小心問了一句：「能不能便宜一點？」

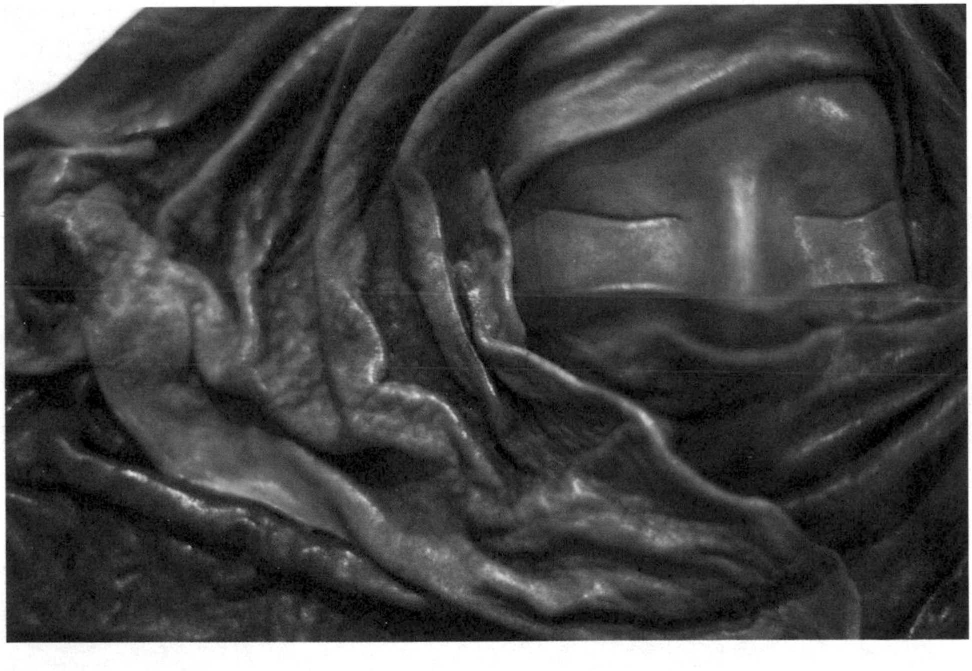

他的回答是抬手一指，說：「門在那裡。」

這樣的生意當然做不大，這樣的態度也實在太離譜，當然也不是所有的義大利商家都是如此，但無論如何，這裡留下了一種典型。

冷冷清清、門可羅雀，這正是他們支付的代價，有人說，也是他們人格的悲劇。

身在威尼斯這樣的城市，全世界旅客來來往往，要設法賺點大錢並不困難，但是他們不想。店是祖輩傳下的，半關著門，不希望有太多的顧客進來，因為這是早就定下的規模，不會窮，也不會富，正合適，窮了富了都是負擔。因此，他們不是在博取錢財，而是在固守一種生態。

歐洲生活的平和、厚重、恬淡，也與此有關。

如果說是悲劇，我對這種悲劇有點尊敬。

我們看夠了那種光彩熠熠的鬧劇。

記得早年在鄉間，對外的通信往來主要依靠一種特殊職業的人：信客。

信客為遠行者們效力，自己卻是最困苦的遠行者。一身破衣舊衫，滿臉風塵，狀如乞丐。沒有信客，好多鄉人就不會出遠門了。在很長的時期中，信客沉重的腳步，是鄉村和城市的紐帶。

……

一次，村裡一戶人家的姑娘要出嫁，姑娘的父親在上海謀生，托老信客帶來兩匹紅綢。老信客正好要給遠親送一份禮，就裁下窄窄的一條紅綢捆紮禮品，圖個好看。沒想到上海那位又托另一個人給家裡帶來口信，說收到紅綢後看看兩頭有沒有畫著小圓圈，以防信客做手腳。這一下信客就栽了跟頭，四鄉立即傳開他的醜聞，以前叫他帶過東西的各家都在回憶疑點，好像他家的一切都來自克扣。但他的家，破爛灰暗，值錢的東西一無所有。

老信客申辯不清，滿臉淒傷，拿起那把剪紅綢的剪刀直紮自己的手。第二天，他掂著那只傷痕累累的手找到了同村剛從上海落魄回來的年輕人，進門便說：「我名譽糟蹋了，可這鄉間不能沒有信客。」

整整兩天，老信客細聲慢氣地告訴年輕人附近四鄉有哪些人在外面，鄉下各家的門怎麼找，城裡各人的謀生處該怎麼走。說到幾個城市裡的路線時十分艱難，不斷在紙上畫出圖樣。

……

從頭至尾，年輕人都沒有答應過接班。可是聽老人講了這麼多，講得這麼細，他也不再回絕。老人最後的囑咐是揚了揚這隻扎傷了的手，說「信客信客就在一個信字，千萬別學我」。年輕人想到老人今後的生活，說自己賺了錢要接濟他。老人說：「不。我去看墳場，能糊口。我臭了，你挨著我也會把你惹臭。」

老信客本來就單人一身，從此再也沒有回村。

在尊嚴的問題上，自己和他人處於相同的方位。

看重自己的尊嚴，一定看重他人的尊嚴，反之亦然。尊嚴，在互尊中映現。我鄭重地整理自己的衣襟，是為了向對面的人表示恭敬；我向對面的人輕輕鞠躬，也正是在證明自己是世界的貴客。

這種互尊，如鏡內鏡外。

感謝我的長輩，沒有在我的童年時代和少年時代罵我一句、打我一下。於是，我在應該建立人格的時候建立了人格，應該擁有尊嚴的時代擁有了尊嚴。我正是帶著這兩筆財富走進重重災難的，事實證明，災難能吞沒一切，卻無法吞沒這樣一個青年。

沒有挨過打罵的青年反而並不畏懼打罵，因為這個時間順序提供了一個人格自立的機會。如果把順序顛倒，讓小小的生命經歷一個沒有尊嚴的童年，那麼，我也許只能沉入災難而無法穿越。

對於孩子，父母的罵聲是一種剝奪，剝奪了他本來就很脆弱的尊嚴。當尊嚴已經失去，正確的行為又有什麼價值?沒有尊嚴的正確又有什麼意義?

人格尊嚴的表現不僅僅是強硬。

強硬只是人格的外層警衛。到了內層，人格的天地是清風明月，柔枝漣漪，細步款款，淺笑連連。

中國式災難的例行動作，是搶劫他人的尊嚴。

當人群失去了尊嚴，他們的文化也無法再有尊嚴。失去尊嚴的文化怎麼可能給失去尊嚴的人群增添點什麼？這是一種可怖的惡性循環。

在中國古代的統治者看來，老百姓都不是個人，而只是長在家族大樹上的葉子。一片葉子看不順眼了，證明從根上就不好，於是一棵大樹連根兒拔掉。我看「株連」這兩個字的原始含義就是這樣來的。樹上的葉子那麼多，不知哪一片會出事而禍及自己，更不知自己的一舉一動什麼時候會危害到整棵大樹，於是只能戰戰兢兢，如臨深淵，如履薄冰。如此這般，中國怎麼還會有獨立的個體意識呢？

我們以往不也見過很多心底裡很明白而行動卻極其窩囊的人物嗎?有的事，他們如果按心底所想的再堅持一下就堅持出人格和個性來了，但皺眉一想妻兒老小、親戚朋友，也就立即改變了主意。

既然大樹上沒有一片葉子敢於面對風的吹拂、露的浸潤、霜的飄灑，整個樹林也變成了沒有風聲鳥聲的死林。

科舉像一面巨大的篩子，本想用力地顛簸幾下，在一大堆顆粒間篩選良種，可是實在顛簸得太狠太久，把一切上篩的種子全給顛蔫了，顛壞了。而且，蔫在品德上，壞在人格上。

科舉像一個精致的閘口，本想匯聚各處溪流，可是坡度挖得過於險峻，把一切水流都翻卷得渾濁了。而且，渾在心靈上，濁在操守上。

中國書生常常為求尊嚴而長久伺機，卻在伺機中喪失了人格。

伺機心理也可稱作「苦熬心理」和「翻身心理」。本來，以奮鬥求成功、以競爭求發達，無可非議，但中國書生的奮鬥和競爭並不追求自然漸進，而是企盼一朝發跡。成敗貴賤切割成黑白兩大塊，切割線的前後兩邊，雙重失態。

由此可以推知，中原大地上無數謙謙君子、溫文儒者，靈魂未必像衣衫那麼素淨，心底未

必如面容那麼祥和。他們有世界上最驚人的氣量和耐心，可以承受最難堪的困厄和屈辱，因為他們知道，迷迷茫茫的遠處，會有一個機會。

氣量和耐心也會碰撞到無法容忍的邊界，他們就發牢騷、吐怨言，但大抵不會明確抗爭，因為他們明白，任何抗爭都不及官場競爭，只有官場競爭才高度有效。於是，中國書生也就習慣了這樣怪異的平衡：憤世嫉俗而又宣佈與世無爭，安貧樂道而又為懷才不遇而憤憤不平。從總體而言，他們的人生狀態比較單一：在隱忍中期待，在期待中隱忍。

作為文人和書生，他們在人格上失落了文化本位，連平日的吟詠也很不純粹。因為他們的人生感觸往往與仕途有關，許多吟詠成了攀援政治的文字印痕。一旦攀上政治的台階，吟詠便從一種手段變為一種消遣，在官吏間互相唱和、在宴集上聊作點綴。

在他們身上，政治和文化構成了一個糾纏不清的怪圈：不太嫻熟政治，說是因為文化；未能保全文化，說是為了政治。文人耶？官吏耶？均無以定位，皆不著邊際，既無所謂政治品格，也無所謂文化良知，更無所謂人格尊嚴。「百無一用是書生」，但在中國，常常因百無一用而變得百無禁忌，雖然貌似萎弱，卻又十分圓通，圓通在沒有人生支點的無所作為之中。

當尊嚴釋放成一種活潑的生態，人生也走向詩化。

詩化的尊嚴是動態的天真，自由的率性。一切都充滿著好奇，處處洋溢著幻想。這樣的天地呈現出一種無邪，看似渾不設防，卻完全無法侵犯。

人間尊嚴的一個關鍵形態，是美。

美有可能被迫失去尊嚴，但尊嚴總會轉化為美。

美之於人，集中了自信、教養、風度、見識，最終凝結成一種外化形態，舉手投足氣象非凡。這種氣象，使尊嚴獲得塑造，從此不再渙散。

人間的全部美好，都來自於人格的中轉。因此，要捍衛美好，就必須捍衛人格。在人格不受尊重的年代，一切所謂美好，只是空洞的欺騙。

最初的名譽不是個人所能爭取的，這是人們在黑暗中猛然聽到一種強健聲音之後的安靜，安靜之後的搜尋，搜尋之後的仰望，仰望之後的追隨，追隨之後的效仿，效仿之後的傳遞。名譽是社會大眾對個人品行的正面反饋，如果這種反饋廣泛而持續，就能在人群間起到協調文化秩序、傳播精神力量的作用。在這種情況下，名譽實際上已成為社會所賦予的一種權力。

名譽的基點是生命質量的自然外化。這是追求不到、爭取不來、包裝不出的，同時也是掩蓋不住、謙虛不掉、毀損不了的。說到底，一個人在自身名譽上是無能為力的。好就好在無能為力，一旦用力追求，便會弄巧成拙。

已經取得名譽的人，一般被叫做名人。身為名人而做著不名譽的事，大家就會有一種受欺騙的感覺，因為名人早已與大家有關。所謂「欺世盜名」的惡評，就很難用到一般騙子身上。鑒於此，人們在向名人喝彩的同時，往往又保持著潛在的警惕性、監視性乃至否定性。而且名聲越大，這方面的目光就越峻厲，因而產生了「樓有多高，陰影就有多長」的說法。

常聽人說，名人太囂張。但據我觀察，出名後很快變得萎縮的名人更多。

萎縮不完全是害怕，大多是應順和期待——應順著眾人炯炯逼視的眼，期待著眾人欲說未說的嘴。貝多芬在一篇書簡中說：「獲得名聲的藝術家常受名聲之苦，使得他們的處女作往往是最高峰。」這就說明了成名之後萎縮的普遍性。

不管是萎縮還是囂張，都是病態。要克服這種「名人症候」，惟一的辦法是在名譽上「脫敏、消炎」，平平穩穩地找回自己。

我們原本是尋常之人，周圍突然響起了喝彩聲，抬頭一看居然是針對自己的，不免有點驚慌，那就定定神，點頭表示感謝，然後繼續低頭做自己的事吧。如果覺得要為喝彩聲負責，那麼今後的勞作也就成了表演。但是，萬萬不可為追求喝彩而表演，因為一旦進入這種狀態，你就成了取悅於人、受制於人的角色，而嘩眾取寵從來就沒有好結果。

按一般規律，喝彩聲剛剛過去，往往又會傳來起哄聲和叫罵聲。面對這種情況，仍然要神定氣閑地把持住自己，好在未曾進入過表演狀態，你也就沒有義務去關注這種聲音。

但是，儘管你不加理會，一陣陣聲浪使你漸漸孤獨。即便全是喝彩聲，這聲音也成了一道影影綽綽的圍牆，一種若有若無的距離，使你難於像以前那樣融入四周。

這種孤獨不會導致自閉，因為你心中還有終極原則，還有茫茫眾生。但終極原則無形無貌，茫茫眾生也不發出什麼聲音，更不會向你走近，因此你所把握的仍然是寂寞。

一個人，如果能夠領悟名譽和寂寞之間的關係，兩相淡然，他也就走出了病態，既不會萎

縮，也不會囂張了。

名譽的高處找不到遮身之地。人們常常誤會，以為那裡也像平地一樣，總會有一些草樹和別人的身軀可以為自己阻擋一點什麼，其實正是高度把這一切全都捨棄了。因此，要求接受高度就要準備接受難堪。

但是，難堪也只是心理感受罷了。如果你自知腳下的高度不是勉強堆壘而成，為何要躲避別人的目光？為何要掩飾自己的缺點？不把難堪當難堪，難堪也就不成其為難堪。

——如果實在消受不了名譽的重壓，那還不如悄然從山巒爬下，安頓於人間萬象的濃蔭裡。

一切受到名譽侵擾的人應該明白，現在讓你萬分苦惱的事情，絕大多數無足輕重。這一點要看破很不容易，你看連那麼多極其智慧的歷史人物也都沒有看破。但是，沒有看破畢竟是在犯傻，時間如水，世事如雲，珍貴的生命怎能流失在無謂的自驚自嚇之中。

一個人如果被誣陷和起哄鬧得暈頭轉向，那就應該快速脫離簡單防守的前沿，去追求一種真正的精神高度。這種追求放棄了反擊、聲辯和恢復名譽的權利，看起來很像是躲避。

因此，損害別人名譽的人常常在發出一片喧囂後找不到預期中的回應。我覺得他們此時應該領悟一點什麼，看看自己所攻陷的那些名譽背後，是否還有更重要的名譽。

不要把自己假裝成聞過則喜、見惡微笑、聽罵點頭的偽君子，因為這種假裝十分自私。

必須拒絕一切謾罵、潑污、造謠、咬嚙、探隱、圍哄和侮辱，這種拒絕是阻止邪惡對美好的侵犯，並不僅僅為了自己。自己在這當口上正好站在第一線，第一線的失守必然會導致人間道義的局部崩潰。因此，自尊、自愛、自衛，都比以謙虛的名義臨陣脫逃強過萬倍。

千萬不要與他們辯論。

原因是，辯題是他們出的，陷阱是他們挖的，又不存在真正的裁判。這就像，硬被拉到他們家的後院，去進行一場「籃球賽」。

許多善良的人，總是在別人家的後院一次次敗下陣來。

惡言髒語是不可忍受的。

問題是：誰讓你忍受了？

喊著你的名字並不是一定要讓你忍受，就像集市間的小販拉住了你的衣袖，你可以抽袖而走，快步離去。

沖著你的臉面也並不是一定要讓你忍受，就像排污口噴出一股異味，你不必停下腳步來細細品嘗。

惡言髒語的功用，九成是自貶自辱，只有一成留給被攻擊者消受。但是，又有幾個被攻擊者真的去消受了呢？難道裡邊有你一個？

世上總有垃圾。對垃圾，我們只處理，不消受。

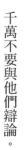

面對誣陷，不可暴跳，也不可隱忍。

如果不去法院，則不必陳述真相，因為社會並無裁判，糾纏反生混亂。惟一要做的事是：指出這是誣陷，其餘留給時間。

當負面聲浪圍繞四周時，立即回想自己有沒有真的做錯什麼。如果沒有，那麼就應該明白，這是對自己重要性的肯定，肯定自己以全新生態構成了對眾人挑戰，肯定自己生命的超前和優越。

對肯定，有什麼可以聲辯的呢？

謙虛地領受吧，把驕傲藏在心底。

全部表情是：微笑著，又像是沒笑。

蔑視是一把無聲的掃帚，使大地乾淨了許多。

中國有幸，終於到了這個時代，誰也可以不去理會那些攔路詰問者。
他們說你背上有疤，你難道為了證明自己清白，當眾脫衣服給他們看嗎？

須知，當眾脫衣的舉動，比背上有疤更其嚴重，因為這妨礙了他人，有違於公德。
而那些詰問者，看了你脫上衣，還會看上你的褲子……
還好，中國有幸，到了今天這個時代。

一位老人這樣說——
別人罵了你，十年間，他們除了罵你再沒寫出什麼。
你被罵了，十年間，除了沒有回罵之外你寫完了一切。
這份筆墨賬關及文化尊嚴，有了它，不必再做其他裁判。

世上有很多老實人，吃力地擊退了誹謗，卻也失去了尊嚴。我在這個難題前做過好幾個實驗，終於取得成功。
最成功的一個實驗才完成不久。有一個急於想出名的人誹謗我在「文革」中用一個筆名寫過錯誤文章，結果海內外報紙紛紛報導，又有很多文人不斷批判，延續了好幾年。在這種情況下，我如果出來解釋真相，等於向半信半疑的民眾盲目求助，很難保持尊嚴。我後來採取的辦法是，在報刊上大規模發表「懸賞」，表示天下哪個人如果能夠出示一篇、一段、一行、一句我寫的這種文章，我立即支付全年薪水，並由三個律師事務所聯合執行。「懸賞」期，由一百天延長到二百天、三百天、四百天，直到五百天正式停止，無一人領賞。

這樣一來，不僅徹底粉碎了誹謗，而且還維護了尊嚴。因為我始終是居高臨下的懸賞者，一手握著獎金，一手握著日曆，多麼氣派。

一棵大樹如果沒有藤葛纏繞，就會失去一種風韻，連畫家也不會多看它一眼。因此，纏繞的藤葛無損尊嚴。

如果說，災難中的受辱無法動搖我的人格，那麼，災難後的人格必然鼓勵我拒絕受辱。災難的經歷使我看輕災難，這便是人格的二度自立。

身居鬧市而自僻寧靜，固守自我而品嘗塵囂，無異眾生而回歸一己，保持尊嚴而融入人潮。

《廣陵散》到嵇康手上就結束了，就像阮籍和孫登在山谷裡的玄妙長嘯，都是遙遠的絕響，我們追不回來了。

然而，為什麼這個時代、這批人物、這些絕響，老是讓我們割捨不下？我想，這些在生命的邊界線上艱難跋涉的人物，似乎為整部中國文化史做了某種悲劇性的人格奠基。他們追慕寧靜而渾身焦灼，他們力求圓通而處處分裂，他們以昂貴的生命代價，第一次標誌出一種自覺的文化人格。在他們的血統系列上，未必有直接的傳代者，但中國的審美文化從他們的精神酷刑中開始屹然自立。

華夏的山川河嶽本是為壯士們鋪展著的。沒有壯士的腳步踩踏，它們也真是疲遝多時了。鬆鬆垮垮地堆壘著，懶懶散散地流淌著，吵吵嚷嚷地熱鬧著。突然，如金錘擊鼓，如磐石夯土，古老的腳步聲由遠而近，壯士，他來了。遲到了很多年，又提前了很多年，大地微微一顫，立即精神抖擻，壯士，他來了。

第三章 仁者愛人

仁者愛人

善和愛拆除了生命之間的藩籬，接通了向外吞吐的渠道，
使生命從緊張敏感而走向舒展自由。

惟有善和愛，才決定人類之為人類。

但人類健忘，覺得自己反正已是人類，不必再去尋查根本；人類矜持，覺得既然人人都懂，不必再去掛在口邊。

大流士審問戰敗國逃亡的王室成員：「你們什麼都說了，就是沒說自己是誰！」

人類也會受到這樣的審問：「你們滔滔不絕地嘮叨了一生，怎麼不說自己是誰！」

你一定要走嗎，失望的旅人？

你說，這裏銳眼太多，亢奮太多，夜話太多，怪笑太多，讓你渾身感到不安全。

你說，你要找一個夜風靜靜、鼾聲輕輕、表情土拙、善意彌漫的所在。

我說，別急，留一陣吧。留下看看，看夜風能否吹熄夜話，土拙能否磨鈍銳眼，鼾聲能否蓋過怪笑，善意能否控制亢奮？

我說，也許能。

你說，也許能，但自己已經沒有這般時間和耐心。

沒有馬，但你的披風飄起來了，你走得很快。

直到你走得很遠，我還在低聲嘀咕：你一定要走嗎，失意的旅人？

像城頭飄來的歌，像樹上棲存的鳥，我們遲早都會消失。

想到消失，一切座標回歸空白，一切言詞全都褪色，一切關係弦斷琴毀……

也有一種可能，使消失變成圓滿。那就是，你創建過一個小小的善和愛的世界，它留下了，而且會曲折傳遞，生生不息。

其實，如果沒有善和愛的細流，人類早就消失。

這是因為，人的自然趨向，不是人道，而是魔道。

所以，以善和愛的細流來維繫人道，改變趨向魔道的危勢，是歷來志士仁人的最高使命。

康德說，人世間天天會遇到大量來自多方的指令，卻還有一個「第一命令」——任何人不問根由，必須服從。

正是這個「第一命令」，使人道未滅，使地球不墜，使文明延續。

孟子所說的惻隱之心，即一個成人見到一個孩童即將落井便會不由分說地一把拉住，便是在冥冥中接受了天地間的「第一命令」。

歷來哲人為示眾生：你們心中有這個潛質，你們都有執行這個命令的可能。他們堅信，人心荒漠中還有善和愛的礦砂，應該啟發人們自己來挖掘。

有的心靈，這種礦砂的成分比較密集；有的心靈，這種礦砂的成分比較貧瘠，但是，越是貧瘠越可擴大挖掘的範圍，越可延長挖掘的時間，這樣，也就把心靈的時空拓寬了。

人類，終於沒有自枯於茫茫荒漠中。

歷史上很多場戰爭的殘酷性顯然已經被輕描淡寫了。「毀城三座」、「滅殺行軍途中一切活物」、「必使此國永久荒蕪」的事端，時有發生。而且，規模越來越大，行動越來越快，心腸越來越硬。

所謂「一代霸主」，主要是比殘酷，比那種以龐大的軍力周密組織的殘酷。有人想替代他們、超越他們，也是在殘酷上做文章。這個勢頭很難遏止，因為此間的邏輯是輸贏，是勝敗，根本沒有慈善的地位。

杜甫的勸說那麼無奈：「殺人亦有限，立國自有疆。」因為他天天看到的，是無限的殺戮，無疆的擄掠。

然而正在這時，一些看似不重要卻極其重要的人物出現了。他們憑著被一代霸主看重的才幹，取得了某些信任，或獲得了某種職位，然後，以謀略的藉口，提出了控制殘酷的原則。他們很多失敗了，但又偶爾成功了。

這些人物大多出現在營帳中、殿闕間，在史冊每遭惡評。其中一個，那夜走出營帳，抬頭看月。他剛才的兩個建議已被採納：昨天的三萬俘虜免殺，明天的一場惡戰取消。

只有月亮知道，世間一大批生靈得以延續。

我們的歷史漠視這番月色，它只願記錄昨天和明天的戰果。

善和愛是一種奉獻，也是一種自身需要——自塑生命的需要。

善和愛拆除了生命之間的藩籬，接通了向外吞吐的渠道，使生命從緊張敏感而走向舒展自由；

善和愛改變了生存的目的，使生命結束了自耗狀態而物我兩忘、意氣風發；

善和愛優化了個人和群體的生命環境，使自己對世界對人類增加了信心；

善和愛為了照亮別人而不能不磨礪了自己的生命光澤，使自己變得更加溫煦而又透明，提升了被欣賞、被趨近的可能。

而且，善和愛永遠是互相的事，因此必然是自由互饋、信心互增、光輝互照，這樣構建起來的整體氛圍，幾乎就是天堂的降臨。

在很多情況下，我們對於善和愛提出了過於純粹的標準，並以這種標準嚇退了自己和別人。

善和愛，未必純粹，也很難純粹。有心就好，起步就好，即便只有一分也好。

有人說，「離佛一尺即是魔。」這是苛求，近乎原教旨主義。在他們眼裏，處處是魔，因此頻頻採取極端行動。

有人反過來說，「離魔一尺即是佛」。此意甚好，頗合我心。離魔一尺，當然魔氣猶濃，但它已面向著佛。這是一個根本轉折。如果因他魔氣猶濃而被驅趕回去，那麼，剛剛離魔才半尺、二寸、一寸的初步覺悟者們更要退身而返，佛的天地越來越小，而魔的天地則越來越大。

何謂「佛光普照」？只因為也照到了魔的領地。

長久以來，我向學生推薦得最多的一本書是海倫・凱勒的《我的世界》。即使學生只要求我推薦專業書，我也會加上這一本。

我切身體會，這是有關善和愛的最佳課本。

一個又聾又啞又盲的孩子，有什麼途徑能對她完成教育，使她進入文明世界？不管怎麼想，都沒有途徑。

但是，善和愛創造了曠世奇蹟，不可思議的一條道路出現了。海倫・凱勒走通了這條道路，幾乎使所有讀過這本書的人都會重新珍惜「活著」這件事，又都會慚愧自己以往的不珍惜。它從生命的極地，告訴大家生命是什麼。

當初要教育海倫・凱勒，首先要進入她聾、啞、盲的無邊黑暗，但還不僅如此，那時的她，早已因徹底絕望而變得兇悍，時時狂怒、咆哮。是那位偉大的教師莎莉文，用手指對手指的觸摸，開始了第一步。

從來不知道光明是什麼的人是不會追求光明的。莎莉文老師的每一步，都包含著重新墮向黑暗的極大可能。如果說，這種可能是千鈞磐石，那麼，莎莉文老師的努力只是一絲柔韌的細線。這場拉力對抗賽的結果是千鈞磐石宣告失敗，原因是，柔韌細線牽連著善和愛。

而且，這種善和愛是歷史的結果。

莎莉文老師本人在童年也曾陷落於這樣的黑暗，眼睛也幾乎瞎掉，又患了結核，她暴躁、嘶喊、怒吼、東撕西摔……

把莎莉文老師拉出黑暗的是莫美麗老師、霍布金太太、瑪琪、卡羅太太……一大串名字。而她們背後呢？不必細問了，是更長、更大的一串。

莎莉文老師把這一大串名字裏邊所包藏著的善與愛，加倍地灌輸給了海倫・凱勒，海倫・

凱勒則轉而向全世界灌輸，其中包括我。

這就明白了，善和愛，是一場代代相傳而又艱苦卓絕的接力賽，只是為了把人類拉出無邊的黑暗。

人間天堂人人可進，不要高牆，不要禁衛，不要門票，也不要通報。只要你願意朝著它抬腳邁步，你就進了。

很多人用最豪華的方式修築通向天堂的階梯和通道，殊不知，越修越遠了。

去年我收到一封來自美國的信。

寫信的人叫貝林。他說，他不認識中文，因此沒有讀過我的書，但他從中國雇員談起我名字時的表情看，覺得有必要認識我，並邀我做他的顧問。

他是世界級的富豪，主持著一個龐大的慈善機構，專為各國殘疾人士提供輪椅。他開列了一份已聘顧問名單，大半是各國皇室成員和總統夫人。

由此，我認識了他。

他說，他出身窮苦，逐漸致富，曾為自己提出了三個階段的目標。第一階段是多，即追求

錢多、房多、車多、雇員多；第二階段是好，即在多的基礎上淘汰選擇，事事求精，物物求好，均是名牌，或比名牌還好；第三階段是異，即在好的基礎上追求惟一性，不讓自己重覆別人，也使別人無法模仿自己。

他很快完成了求多、求好、求異這三個階段，本應滿足了，卻深感無聊，不知今後還要追求什麼。對自己已經擁有的一切，他也沒有一絲驕傲。

終於有一天，一個六歲的越南殘疾女孩救了他。那天，他把一張輪椅推給這位無法行走的女孩，女孩很快學會操作後，雙眼閃現出一種他從未見過的光亮。

貝林先生在那裏看到了自己生命的意義。

第二個救了他的是一位津巴布韋青年。那天，這位青年背著一位殘疾的中年婦女，走了兩天時間來到了他面前。

貝林先生問：「這是你母親嗎？」

青年回答：「不是。」

「是你親戚嗎？」

「不是。」

「你認識她嗎？」

「不認識。」

「那你怎麼把她背來了？」

「只因她在路邊提出了這個要求，她需要我背她到你這裡。」青年回答。

「只是她需要？」

「是的，只是她需要。」

貝林先生心頭一震。這個青年很窮困，卻幫了一個不認識的人的一個大忙，不要任何回報。

為什麼自己以前總認為，連慈善也要在賺足錢之後才能做？

貝林先生自責了：「我把梯子擱錯了牆，爬到了牆頂才知道，擱錯了。」

他說：「我居然到六十歲才明白，慈善的事，早就可以做了，我也可以早一點擺脫無聊。」

我在北京的一個隆重場合，當著貝林先生的面，向廣大聽眾講述了他的故事。

我說，貝林先生告訴我們，慈善決不是一種居高臨下的恩賜，而是一種尋找人生意義的自我救贖。

這也應該是人們求學、從政、為富的最終目的。

我為貝林先生自傳的中文版定了一個非常中國化的譯名：《為富之道》，並用毛筆題了簽。

貝林先生聽了我的演講後隨即給我寫了一封短信，寫在《為富之道》的扉頁上。他說，我能成為他永久的朋友。

我讀懂了他，並且通過瞭解他，讀懂了慈善的力量。

中國城市的街道上，也出現了大量為殘疾人鋪設的特殊便道。

每次看到，我總是想：這是殘疾人的行走便道，更是全人類的精神便道。

它使不殘疾的人，更加健全。

在西方的街市間有一件事讓我最為感動：只要出現了老人、孩子和殘疾人，大家都恭敬讓開，或紛紛扶持，如上帝突然光臨。

其實，這些弱者並不是被救助者，而是救助者。

此刻街頭，似講堂，似聖殿。

這個故事是很多年前從一本外國雜誌中看到的。

一個偏遠的農村突然通了火車，村民們好奇地看著一趟趟列車飛馳而過。有一個小孩特別熱情，每天火車來的時候都站在高處向列車上的乘客揮手致意，可惜沒有一個乘客注意到他。他揮了幾天手終於滿腹狐疑：是我們的村莊太醜陋？還是我長得太難看？或是我的手勢或者站的位置不對？天真的孩子鬱鬱寡歡，居然因此而生病，生了病還強打精神繼續揮手，這使他的父母十分擔心。

他的父親是一個老實的農民，決定到遙遠的城鎮去問藥求醫。一連問了好幾家醫院，所有的醫生都紛紛搖頭。這位農民夜宿在一個小旅館裏，一聲聲長歔短歎吵醒同室的一位旅客。農民把孩子的病由告訴他，這位旅客呵呵一笑又重新睡去。

第二天農民醒來時那位旅客已經不在，他在無可奈何中淒然回村。剛到村口就見到興奮萬狀的妻子，妻子告訴他，孩子的病已經全好了。今天早上第一班火車通過時，有一個男人把半個身子伸出窗外，拼命地向我們孩子招手，孩子跟著火車追了一程，回來時已經霍然而癒。

這位陌生旅客的身影幾年來在我心中一直晃動，我想，作家就應該做他這樣的人。能夠被別人的苦難猛然驚醒，驚醒後也不作廉價的勸慰，居然能呵呵一笑安然睡去。睡著了又沒有忘記責任，第二天趕了頭班車就去行動。他沒有到孩子跟前去講太多的道理，只是代表著所有的乘客拼命揮手，把溫暖的人性交還給了一個家庭。

孩子的揮手本是遊戲，旅客的揮手是參與遊戲。用遊戲治癒心理疾病，這便是我們寫作人的職業使命。

印度鹿野苑。

這裏原是原始森林，一位國王喜歡到這裏獵鹿，鹿群死傷無數。鹿有鹿王，為保護自己的部屬，每天安排一頭鹿犧牲，其他鹿則躲藏起來。

國王對每天只能獵到一頭鹿好生奇怪，但既然能獵到也就算了。有一天他見到一頭氣度不凡的鹿滿眼哀怨地朝自己走來，大吃一驚，多虧手下有位一直窺探著鹿群的獵人報告了真相，這才知，這是鹿王。每天一頭的獵殺已使鹿群銳減，今天輪到一頭懷孕的母鹿犧牲，鹿王不忍，自己親身替代。

國王聽了如五雷轟頂，覺得自己身為國王還不及鹿王，立即下令不再獵鹿，不再殺生，還闢出一個鹿野苑，讓鹿王帶著鹿群自由生息。

人類的一個毛病，是對日常好事熟視無睹。

中國人的一個毛病，是把日常好事看成是別有所圖。

近十年來，中國文人又增加了一個毛病，把日常好事看成是「淺薄的世俗」。

於是，日常好事無處安身，躲躲匿匿，支支吾吾，深感孤獨無助。

人類是宇宙間一群無家可歸的流浪者，我們的身影比蟻螻還要細微萬倍。曾聽到過《出埃及記》那悲愴的歌聲，簡薄的行囊，粗礪的衣履，蒼涼的目光。從哪裡來，到哪裡去，都不清楚。

在這樣的長途間，我們除了互相扶持、互相援救、互相關愛，還能做什麼呢？

人類，偉大而又無奈。只要時時仰望太空，面對曠野，就會什麼也不在乎了，最後只剩下兩個字：善和愛。

我們因此而還能跋涉，因此而還有喜樂，因此而還叫人類。

善良，善良，善良……

這是一個最單純的辭彙，又是一個最複雜的辭彙。它淺顯到人人都能領會，又深奧到無人能夠定義。

在黑燈瞎火的恐怖中，人們企盼它的光亮，企盼得如饑似渴、望穿秋水；但當光明降臨的時候，它又被大家遺忘，就像遺忘掉小學的老師、早年的鄰居，遺忘得合情合理，無怨無悔。

大家都希望成為強者，崇拜著力量和果敢，仰望著膽魄和鐵腕，歷來把溫情主義、柔軟心腸作為嘲笑的物件。善良是無用的別名，慈悲是弱者的呻吟，於是一個年輕人剛剛長大，就要在各種社會力量的指點下學習如何把善良和慈悲的天性一點點洗刷乾淨。男人求酷，女人求冷，面無表情地像江湖俠客一般走在大街上，如入無人之境。哪一座城市都不相信眼淚，哪一扇門戶都拒絕同情；慈眉善目比兇神惡煞更讓人疑惑，陌生人平白無故的笑容必然換來警惕的眼神。

書架上成排成疊的書籍似乎都在故意躲避，都在肆肆洋洋地講述雄才大略、鐵血狼煙、新舊更迭、升沉權謀、古典意境、雋永詞章、理財門徑、生存智慧，卻很少說到善良。

只希望街市間忙碌的人群，努力減輕在成敗問題上的沉重壓力，而多多關顧善惡之間的界限。只希望我們經常自問：何苦到處開闢戰場，風聲鶴唳？何必時時尋找對手，枕戈待旦？

——我知道當今社會上多數聰明的年輕人都拒絕作這種自問，認為這些問題不符合生存競爭的原則。但是，生存競爭、生存競爭，當我們居住的星球，競爭到已經不適合生存，競爭到互相剝奪生存，一起結束生存，那麼競爭又是為了什麼？

年輕的你們，使我想到了年輕時的自己。

同樣是二十歲，你們在各方面都比我優越。只有一點我比你們優越，而且你們很難追趕，那就是，災難使我對善良特別敏感。

我在極度饑餓中向周圍的朋友求借飯票，伸手接取的時候會迅捷地注意一下對方的眼神，我能辨識出眼神角落哪怕一絲的勉強。

於是，我也徹底明白了善良的本體和邊角。

當然，災難更使我敏感邪惡。

真正的善良是不計回報的，包括在理解上的回報。陽光普照山河，並不需要獲得山河的理解；春風吹拂大地，也不在乎大地的表情。

宏觀的因果，是一種不朽的因果。為此，胡適先生曾寫過一篇〈不朽〉來表述。節約了一杯水，細細推導，正面結果將是不朽的；隨地吐一口痰，細細推導，負面結果也將不朽。那麼同樣，美言不朽，惡語不朽，任何一個微笑不朽，任何一次傷害不朽……它們全都輕輕地傳遞著，曲折地積累著，遲早會歸併成兩個世界，一個讓人喜樂的世界，一個讓人厭棄的世界。

現代科學已經能夠勉強說明一個生命的來源。但是，這只是一種片斷性的狀態描述。

我們的生命來自於父母，那麼，父母的生命呢？

也許在北宋末年，長江岸邊，幾個漁民救起了一個落水的行人，這是你的先祖。然後，清代，一位將軍阻止了一場即將毀滅整個村莊的戰亂，而這個村莊正生息著你的前輩……以此類推，千百年間早就被徹底遺忘的一件寒衣、一碗稀粥、一劑湯藥、一塊跳板、一根手杖，都可能與你的生命有關。

世上全部善良的點點滴滴，粘連了時時有可能中斷的遊絲一線。

我們遇到惡，大多與我們的行為無關，更與我們的命運無關。

惡的出現，也是宏觀因果的產物。多少年前的某個陰謀，給世間增添了一份仇恨；千百里外的一次爭吵，為文壇留存了一堆髒話；幾十年前的一場災難，為民族加注了幾分獸性……

也許，一種過於突然的成功，激發了他人心中的嫉妒；一種過於激烈的實驗，導致了社會心態的失衡；一種過於廣闊的佔領，剝奪了某些同行的機會……

似乎能找到各種近期原因，其實細細查驗，全是遠期原因。

我們怎麼能對遠處生成的惡，產生多大的仇恨？

惟一能做的事是：它來了，正巧來到我跟前，這是一個機會，可以通過我，把宏觀因果中的負面積累，開始改寫成正面。

世間的宏觀因果似重疊的峰巒，逶迤而來，浩蕩遠去，我們豈能視而不見，卻對偶爾出現在腳邊的凹凸過於在意。

那麼，不必過於感謝身邊的朋友，就像不必過於仇視眼前的對手。不要讓他們的身影遮住了他們身後重疊的峰巒。

我們高貴，只因我們有遼闊的景觀。

種瓜得瓜，種豆得豆，這只是說了最後一個環節。

瓜豆的種子來自何方？又是什麼因緣使它們進化成今天的瓜今天的豆？如能細細追索，必是一部有關人類生存的浩繁史詩。

人的生命更其珍罕，不知由多少奇蹟聚合而成。說自己偶爾來到世間，是一種忘恩負義的罪過。

為了報答世間恩義，惟一的道路是時時行善，涓滴不漏，維護人類生命的正常延續。

萬千動物中，牛從來不與人為敵，還勤勤懇懇地提供了最徹底的服務。在烈日炎炎的田疇中，揮汗如雨的農夫最怕正視耕牛的眼神，無限的委屈在那裏忽閃成無限的馴服。不管是農業文明還是畜牧文明，人類都無法離開牛的勞苦，牛的陪伴，牛的侍候。牛累了多少年，直到最後還被人吃掉，這大概是世間最不公平的事。記得兒時在鄉間看殺牛，牛被捆綁後默默地流出大滴的眼淚，而這流淚的大眼睛我們平日又早就熟悉，於是一群孩子大喊大叫，挺身去阻攔殺牛人的手。當然最終被阻攔的不是殺牛人而是孩子，來阻攔的大人並不叱罵，也都在輕輕搖頭。

長大了知道世間本有太多的殘酷事，集中再多的善良也管不完人類自己，一時還輪不到牛。然而即便心腸已經變得那麼硬也無法面對鬥牛，因為在它身上，人類把平日眼開眼閉的忘恩負義，演變成了血淋淋的享受。

從驅使多年到一朝割食，這且罷了，卻又偏偏在鬥牛場上激怒它、刺痛它、煽惑它，極力營造殺死牠的藉口。一切惡性場面都是誰設計、誰佈置、誰安排的？牛知道什麼，卻要把生死搏鬥的起因推到牠頭上，至少偽裝成兩邊都有責任，似乎是瘋狂的牛角逼得鬥牛士不得不下手。

人的智力高，牛又不會申辯，在這種先天的不公平中即使產生了英雄也不會是人，只能是牛。但是人卻殺害了牠，還冒充英雄，世間英雄真該為此而提袖遮羞。

再退一步，殺就殺了吧，卻又聚集起那麼多人起哄，用陣陣呼喊來掩蓋血腥陰謀。

有人辯解，說這是一種剝除了道義邏輯的生命力比賽，不該苛求。

要比賽生命力為什麼不去找更為雄健的獅子老虎？專門與牛過不去，只因牠特別忠厚。

一個人最值得珍視的是仁慈的天性，這遠比聰明重要；如果缺乏仁慈的天性，就應該通過艱苦修煉來叩擊良知；如果連良知也叩擊不出來，那就要以長期的教育使他至少懂得敬畏、恪守規矩；如果連這也做不到，那就只能寄希望於他的愚鈍和木訥了；如果他居然頗具智慧，又很有決斷，那就需要警覺，因為這樣的人時時有可能進入一種可怖的夢魘，並把這種夢魘帶給別人。應該發現這樣的人，並且儘量將他們安置在高人手下，成為一種技術性的存在，避免讓他們獨自在空曠寂靜的地方，作出關及他人命運的行為選擇。這也是為他們好。

第四章 恥於整人

恥於整人

中國文化的跑道上，
一直在進行著一場致命的追逐：
做事的人在追逐事情，
不做事情的人在追逐著做事的人。

是梅里美吧，還是與他同時的一個歐洲流浪作家，記不清了，在旅行筆記裏留下一段經歷。

總是瘦馬、披風，總是在黃昏時分到達一個村莊，總是問了三家農舍後到第四家才勉強同意留宿。吃了一頓以馬鈴薯為主的晚餐後剛剛躺下，就聽到村子裏奇怪的聲音不斷。似乎有人用竹竿從牆外打落一家院子裏的果子，農婦在喝阻。又有人爬窗行竊被抓，居然與主人在對罵。安靜了片刻，又聽到急切的腳步聲，一個在逃，一個在追……

流浪作家感到驚訝的是，始終沒有一家出門來，幫助受害者抓賊。在他聽來，那些竊賊並非什麼外來大盜，而只是一些本地流氓。他長時間地豎著耳朵，想聽到一點點除了行竊和被竊之外的聲音，哪怕是幾聲咳嗽也好，但全村一片寂靜。他終於想自己出門，做點什麼，但剛要推門卻被一個手掌按住，壯實的房東輕聲而嚴厲地說：「你不要害我。你一出去，明天他們就來偷我家的了！」

三年後，流浪作家又一次路過了這個村莊，仍然是瘦馬、披風，仍然是黃昏、農舍。但他很快就發現，所有農舍的門都開著，裏邊空空蕩蕩。他急步行走，想遇到一人問問，但走了兩圈杳無人影，他害怕了，牽著瘦馬快速離開，投入暮色中的荒原。

村莊廢棄了，或者說毀滅了。

那個可能是梅里美也可能不是他的流浪作家的所見所聞，在那個地區有歷史先兆，那是宗教裁判所的功勞。

我在古城托萊多（Toledo）的一所老屋裏讀到過一些檔案。先後四十多萬人被處決，罪名全是莫須有，定罪的根據是揭發、告密、謠言、批判。執行死刑那天，全城狂歡，揭發者和告密者戴著面套，作為英雄走在遊行隊伍最前面，批判者不戴面套，道貌岸然地緊隨其後。再後面是即將處死的被害者，全城百姓笑鬧著向他們丟擲石塊和垃圾。實證意識、懷疑精神、同情心理，一絲無存。甚至，連下次會不會輪到自己的擔憂，也一點看不出來，大家都在「驅魔亢奮」中表演著自己的純淨和高超。

因此，揭發、告密、謠言、批判，成了多數人的主流職業。把一個疑點擴大成滔天大罪的程式，也操作得非常嫻熟。把鄰居親族告發成天生魔鬼的步驟，已演練得不動聲色。除了虐殺，就是狂歡；除了狂歡，就是虐殺，幾乎成了當時全民的共同心理法則。

虐殺和狂歡的高潮終於過去，共同的心理法則卻沉澱下來，滲透到每條街道、每個農舍之中。於是，村莊以另一種方式走向毀滅。

當自私和膽怯縱容了暴虐，那麼，它們也就隨時隨地可以投身暴虐。

中國清代筆記小說中的一個片斷，頗可玩味。海隅某鎮，突來三名惡棍，專事入室強暴民女。鎮民忿恨，請教鎮中兩個道學儒生如何報官捉拿，不料這兩個道學儒士篤信「麗服濊淫，豔容引奸」，聞之反歎民女不守婦德。此後每當惡棍再度得手，他們必定不問惡棍蹤跡，只責民女咎由自取。鎮民粗鄙無文，遂信之而息聲。半年後，惡棍暴行更其囂張，鎮民遷出逾半，未能遷出者惟有逆來順受。某夜一村婦偶爾驚見，兩個道學儒士早已與惡棍混成一體。

時評者曰：助惡、行惡，本不可分。兩個道學儒士歷來只責受害民女麗服豔容，可見關注久矣。為何關注？饑渴久矣。

疑惑者問：滿口道義，義正辭嚴，豈能盡假？

時評者曰：不屑道義而明施害者，小惡棍也；高倡道義而暗施害者，大惡棍也。小惡棍為大惡棍開道，大惡棍為小惡棍立言，自古皆然。

我細細觀摩了幾十年，必須提醒人們：

參與整人的第一步，大多出自於從眾；

參與整人的第二步，大多出自於嫉妒；

參與整人的第三步，大多出自於炫耀；

參與整人的第四步，大多出自於樂趣；
參與整人的第五步，大多出自於本能。
——五步既畢，被整者倒下滿地，而整人者也不復為人焉。

我細細觀摩了幾十年，必須提醒人們：
整人的第一度藉口，大多是「政治問題」；
整人的第二度藉口，大多是「兩性問題」；
整人的第三度藉口，大多是「歷史問題」；
整人的第四度藉口，大多是「學術問題」；
整人的第五度藉口，大多是「態度問題」。
——一輪既畢，片甲不留，整人者淺笑一聲，搓手尋取新的物件，開始又一度輪盤轉。

整人之事，舉世皆有，而中國的整人在以下四項上獨佔鰲頭——

整人在中國是一個逗趣的行業。一般不以被整者的死亡為目標，而是讓對方留命於世，只在名聲和人格上予以侮辱，一遍又一遍，無止無休，如貓逗老鼠，作為一大嬉樂。不慎致死，只是失手。

整人在中國是一個堂皇的行業。一般不以這一行動的本質袒示世人，而是借用一系列漂亮命題作為行動代號，並且中國文化也有足夠的辭彙可供借用。大多是，冒稱掌握了何種最遙遠或最細小的隱秘，而這種隱秘又足以禍國殃民。因此整人者永遠貌似救世者，當他們一旦舉起了棍棒，光環也就出現在腦際。

整人在中國是一個魔幻的行業。一般不暴露整人者和被整者的真實關係，而是讓一塊黑布永遠遮蓋著。只需一個人站出來擺出整人架勢，他立即成為刀槍不入的魔術師，而他的奇幻想像力也不再有人懷疑和驗證。從此，由他張羅，真假可以互換，生死可以顛倒，絕壁可以穿越，活人可以失蹤，眾人明知其假卻能給予全場掌聲。

整人在中國是一個安全的行業。一般從不懲罰整人者，即便被他們傷害的人已獲平反。從不揭穿他們的誣陷伎倆，從不嘲笑他們的自露馬腳。儘管他們羞辱了那麼多人，卻從來沒有人把「可恥」兩字交還給他們。中國法治對於整人者，歷來表現出最大的模糊和寬大。中國文化對於整人者，更是表現出舉世罕見的容忍和理解。他們永遠受到媒體的寵愛，永遠受到青年的崇拜……

由於以上四項優勢，整人在中國，「壞事變成了好事」。

王小波先生說過，中國文化人只分兩類：做事的人；不讓別人做事的人。

怎麼才能不讓別人做事呢，最有效的方法，整他們。因此，整人的人，和不讓別人做事的人，是同一撥人。

有時，對人群的簡單劃分，比長篇大論更加重要。中國文化的跑道上，一直在進行著一場致命的追逐：做事的人在追逐事情，不做事情的人在追逐著做事的人。

這中間，最麻煩的是做事的人。在他們還沒有追到事情的時候先被後邊的人追到，使他們無法再去繼續追逐事情，固然是一個悲劇；當他們追到了事情正在埋頭打理的時候被後邊的人追到，更是一個悲劇，因為到那時被損害的不僅是自己，而且還包括已做和未做的事情了，真可謂「人事皆非」。

鑒於此，這些人終於訂立了兩條默契。第一條：放過眼前的事，拚力去追更遠的事，使後面的人追不到，甚至望不到。這條默契，就叫「衝出射程之外」。然而，後面的人還會追來，只能指望他們也會累。因此，第二條默契是：「使追逐者累倒。」

我想，這也是歷來文明艱難延續的跑道。

有人說，只想安心做事，不要有後顧之憂。

我說，沒有後顧之憂的事情，做不大，做不新，做不好。

我做事的時候如果完全沒有後顧之憂，證明我所做的事情沒有撬動陳舊的價值系統，沒有觸及保守的既得利益，沒有找到有力的突破因素。這樣的事情，在社會轉型期值得去做嗎？

因此，重重的後顧之憂，密集的追殺腳步，恰恰是我們生存意義的寫照。

不必阻斷這樣的賽跑。只希望周圍的觀眾不要看錯了奔跑者的身份，不要在我倒下的時候，把希望交付給我背後的追逐者們。

除了不可抗拒的自然原因外，人間災難的核心便是人整人。

在災難時代跟著整人，在災難過去之後便不再整人的人，是一個介乎好人、壞人之間的庸人；

在災難時代從不傷害他人的人，是上等的好人；

在災難時代整人，在災難過去之後還在整人的人，當然是壞人；

在災難過去之後以清算災難的名義傷害他人的人，則是頂級壞人。

聖潔總會遇到卑劣，而卑劣又總是振振有詞，千古皆然。

古人云，雖有百疵，不及一惡，惡中之惡，為毀人也。

因此，找世間巨惡，除殺人、製毒、搶劫者外，必定是所謂揭發者和批判者。

這後兩者，主要集中在文人間。

中國人的素質若要提高，有一個終極標準，只有五個字，那就是：以毀人為恥。

無道義的媒體，是一個虛假的戰場。

沒有明確的正方反方，沒有真正的公平搏鬥，只為熱鬧而噴發煙霧，只為刺激而實施爆炸，只為轟動而傷及無辜……當一種公權力被濫用，這個虛假的戰場只能大規模地製造邪惡。

不能企求它自建道義，而必須爭取公民社會對公權力的監督和懲處。

在這之前，不要過多地理會，卻要警惕地關注。

鼓動人們為了一種看不見、摸不著的所謂觀念上的疑點，毫無顧忌地告密、揭發、反咬、圍攻、賣友。只要做了這樣的惡事，不僅能自保，而且還能瓜分受害者的遺產。如果不肯這樣做，則遲早災難臨頭。這就以對生命最終威脅的方式，培植起了人性深處的惡，使之漫延膨脹，顛覆全社會的人格系統。到了這時候，一切胡作非為都能隨心所欲，如果看到某些人還有人格殘存，就一湧而來，全力摧殘，直到他們當眾放棄人格。

人之為人，應該知道一些最基本的該做和不該做。世間很難找到一頭死象，因為連象群也知道掩蓋。再一次感謝我們的先秦諸子，早早地教會中國人懂得那麼多「勿」：非禮勿視，非禮勿聽，非禮勿言，非禮勿動，己所不欲，勿施於人……有時好像管得嚴了一點，但沒有禁止，何以有文明？沒有圍欄，何以成社會？沒有遮蓋，何以有羞恥？沒有規矩，何以成方圓？

第五章 警惕小人

警惕小人

不與小人交手，很難成為真君子。
就像一個有潔癖的人，很難成為大丈夫。

自從我在〈歷史的暗角〉裏首次比較系統地分析了千年小人，坊間陸續出版了多部剖析小人的著作，幾乎每一部，都把我對小人的論述印在扉頁上。

看來，我真是與小人擺開陣勢了。

對方踏起一陣陣塵土，製造出戰爭激烈的假象……

知道內情的朋友問我何以在喧囂滔滔間有此定力，我笑道：「我叫一聲他們的真名居然都站出來了。歷來小人很少中計，這次他們上當了。」

我寫那篇論述小人的文章非常鬱悶，卻作了一個樂觀的結論：只要不怕糾纏，不怕投污，不怕喧鬧，小人有可能被戰勝。

我在那篇文章中說，有些人戰勝小人以後，自己很可能也變成了一個小人。我以這幾年的實踐證明，這個結果可以避免。

更重要的結論是：不與小人交手，很難成為真君子。
這就像，一個有潔癖的人，很難成為大丈夫。
我與小人交手了，而且反覆交手。他們的隊伍不小。
此刻我搓搓手，感覺很好。

在一本雜誌上看到歐洲的一則往事。數百年來一直親如一家的一個和睦村莊，突然產生了鄰里關係的無窮麻煩，本來一見面都要真誠地道一聲「早安」的村民們，現在都怒目相向。沒過多久，幾乎家家戶戶都成了仇敵，挑釁、毆鬥、報復、詛咒天天充斥其間，大家都在想方設法準備逃離這個恐怖的深淵。

可能是教堂的神父產生了疑惑吧，花了很多精力調查緣由。終於真相大白，原來不久前剛搬到村子裏來的一個巡警的妻子是個愛搬弄是非的長舌婦，全部惡果都來自於她不負責任的竊竊私語。

村民知道上了當，不再理這個女人，她後來很快搬走了，但是萬萬沒有想到，村民間的和睦關係再也無法修復。解除了一些誤會，澄清了一些謠言，表層關係不再緊張，然而從此以後，人們的笑臉不再自然，即便在禮貌的言詞背後也有一雙看不見的疑慮眼睛在晃動。大家很少往來，一到夜間，早早地關起門來，誰也不理誰。

我讀到這個材料時，事情已過去了幾十年，作者寫道，直到今天，這個村莊的人際關係還是又僵又澀、不冷不熱。由此可見，一個小人，哪怕是一個早就消失的小人，也會貽害無窮。

在中國歷史上，有一大群非常重要的人物，肯定被我們歷史學家忽視了。

這群人物不是英雄豪傑，也未必是元凶巨惡。他們的社會地位可能極低，也可能很高。就文化程度論，他們可能是文盲，也可能是學者。很難說他們是好人壞人，但由於他們的存在，許多鮮明的歷史形象漸漸變得癱軟、迷頓、暴躁，許多簡單的歷史事件一一變得混沌、曖昧、骯髒，許多祥和的人際關係慢慢變得緊張、尷尬、凶險，許多響亮的歷史命題逐個變得黯淡、紊亂、荒唐。他們起到了如此巨大的作用，但他們並沒有明確的政治主張，他們的所作所為並沒有留下清楚的行為印記，他們絕不想對什麼負責，而且確實也無法讓他們負責。他們是一團驅之不散又不見痕跡的腐濁之氣，他們是一堆飄忽不定的聲音和眉眼。你終於憤怒了，聚集起萬鈞雷霆準備轟擊，沒想到這些聲音和眉眼也與你在一起憤怒，你突然失去了轟擊的物件。你想不予理會，掉過頭去，但這股腐濁氣卻又悠悠然地不絕如縷。

我相信，歷史上許多鋼鑄鐵澆般的政治家、軍事家最終悲愴辭世的時候，最痛恨的不是自己明確的對手，而是曾經給過自己很多膩耳的佳言和突變的臉色、最終還說不清究竟是敵人還是朋友的那些人物。處於彌留之際的政治家和軍事家死不瞑目，顫動的嘴唇艱難地吐出一個辭彙：「小人……」

高貴，最容易被小人文化所侵吞。

蘇東坡開始很不在意。有人偷偷告訴他，他的詩被檢舉揭發了，他先是一怔，後來還瀟灑、幽默地說：「今後我的詩不愁皇帝看不到了。」但事態的發展卻越來越不瀟灑，一〇七九年七月二十八日，朝廷派人到湖州的州衙來逮捕蘇東坡，蘇東坡事先得知風聲，立即不知所措。文人終究是文人，他完全不知道自己犯了什麼罪，從氣勢洶洶的樣子看，估計會處死，他害怕了，躲在後屋裏不敢出來，朋友說躲著不是辦法，人家已在前面等著了，要躲也躲不過。正要出來他又猶豫了，出來該穿什麼服裝呢？已經犯了罪，還能穿官服嗎？朋友說，什麼罪還不知道，還是穿官服吧。蘇東坡終於穿著官服出來了，朝廷派來的差官裝模作樣地半天不說話，故意要演一個壓得人氣都透不過來的場面出來。蘇東坡越來越慌張，說：「我大概把朝廷惹惱了，看來總得死，請允許我回家與家人告別。」差官說：「還不至於這樣。」便叫兩個差人用繩子捆綁了蘇東坡，像驅趕雞犬一樣上路了。家人趕來，號啕大哭，湖州城的市民也在路邊流淚。

長途押解，猶如一路示眾。可惜當時幾乎沒有什麼傳播媒介，沿途百姓不認識這就是蘇東坡。貧瘠而愚昧的國土上，繩子捆綁著一個世界級的偉大詩人，一步步行進。蘇東坡在示眾，整個民族在丟人。

全部遭遇還不知道半點起因。蘇東坡只怕株連親朋好友，在途經太湖和長江時都想投水自殺，由於看守嚴密而未成。當然也很可能成，那麼，江湖淹沒的將是一大截特別明麗的中華文明。文明的脆弱性就在這裏，一步之差就會全盤改易，而把文明的代表者逼到這一步之差境地的則是一群小人。一群小人能做成如此大事，只能歸功於中國的獨特國情。

小人牽著大師，大師牽著歷史。小人順手把繩索重重一抖，於是大師和歷史全都成了罪孽的化身。一部中國文化史，有很長時間一直把諸多文化大師捆綁在被告席上，而法官和原告，大多是一群群擠眉弄眼的小人。

《明史》中記述過一個叫曹欽程的人，明明自己已經做了吳江知縣，還要托人認宦官魏忠賢做父親，諂媚的態度最後連魏忠賢本人也看不下去了，把他說成敗類，撤了他的官職，他竟當場表示：「君臣之義已絕，父子之恩難忘。」不久魏忠賢陰謀敗露，曹欽程被算做同黨關入死牢，他也沒什麼，天天在獄中搶掠其他罪犯伙食，吃得飽飽的。這個曹欽程，起先無疑是惡奴型小人，但失去主子、到了死牢，便自然地轉化為流氓型小人。我做過知縣怎麼著？照樣敢把殺人犯嘴邊的飯食搶過來塞進嘴裡！你來打嗎？我已經嚥下肚去了，反正遲早要殺頭，還怕打？——人到了這一步，說什麼也是多餘的了。

馮道原在後唐閔帝手下做宰相，西元九三四年李從珂攻打唐閔帝，馮道立即出面懇請李從珂稱帝。別人說唐閔帝明明還在，你這個做宰相的怎麼好請叛敵稱帝？馮道說，我只看勝敗，「事當務實」。果然不出馮道所料，李從珂終於稱帝，成了唐末帝，便請馮道出任司空，專管祭祀時掃地的事。別人怕他惱怒，沒想到他興高采烈地說：只要有官名，掃地也行。

後來石敬瑭在遼國的操縱下做了「兒皇帝」，要派人到遼國去拜謝「父皇帝」，派什麼人呢？石敬瑭想到了馮道，馮道作為走狗的走狗，把事情辦妥了。

遼國滅後晉之後，馮道又誠惶誠恐地去拜謁遼主耶律德光，遼主略知他的歷史，調侃地問：「你算是一種什麼樣的老東西呢？」馮道回答：「我是一個無才無德的癡頑老東西。」遼主喜歡他如此自辱，給了他一個太傅的官職。

身處亂世，馮道竟然先後為十個君主幹事，他的本領自然遠不只是油滑了。被他一次次叛賣的舊主子，可以對他恨之入骨，卻已沒有力量懲處他，而一切新主子大多也是他所說的信奉「事當務實」的人，只取他的實用價值而不去預想他今後對自己叛賣的可能。

我舉馮道的例子只想說明，要充分地適應權力更迭的政治生活，一個人的人格支出會非常徹底，徹底到幾乎不像一個人。

我認為，小人之為物，不能僅僅看成是個人道德品質的畸形。這是一種帶有巨大歷史必然性的社會文化現象，值得文化人類學家、社會心理學家和政治學家們共同注意。這種現象在中國歷史上的充分呈現，體現了上層人治專制和下層低劣群體的微妙結合。人治專制隱秘多變，需要有一大批特殊的人物，他們既能遮掩隱秘又能適當地把隱秘裝飾一下昭示天下，既能適應變動又能在變動中翻臉不認人，既能從心底裏蔑視一切崇高又能把統治者的心緒和物欲洗刷得光潔無瑕。這一大批特殊的人物，需要有敏銳的感知能力、快速的判斷能力、周密的聯想能力和有效的操作能力，但卻萬萬不能有穩定的個人品格。從這個意義上說，政治上的小人是對一種體制性需要的填補和滿足。

小人辦事效率高。小人急於事功又不講規範，有明明暗暗的障眼法掩蓋著，辦起事來幾乎遇不到阻力，能像遊蛇般靈活地把事情迅速搞定。他們善於領會當權者難於啟齒的隱憂和私欲，把一切化解在頃刻之間。有當權者支撐，他們的效率就更高了。

小人見不得權力。不管在什麼情況下，小人的注意力總會拐彎抹角地繞向權力的天平，在旁人看來根本繞不通的地方，他們也能飛檐走壁繞進去。他們表面上是歷盡艱險為當權者著想，實際上只想著當權者手上的權力，但作為小人他們對權力本身又不迷醉，只迷醉權力背後自己有可能得到的利益。因此，乍一看他們是在投靠誰、背叛誰、效忠誰、出賣誰，其實他們壓根兒就沒有人的概念，只有實際私利。

美好的事物可能遇到各種各樣的災難，但最消受不住的卻是小人的作為。蒙昧者可能致使明珠暗投，強蠻者可能致使玉石俱焚，而小人則鬼鬼祟祟地把一切美事變成醜聞。因此，美好的事物寧肯埋沒於荒草黑夜間，寧肯展露於江湖莽漢前，卻斷斷不能讓小人染指或過眼。

小人不會放過被傷害者。小人在本質上是膽小的，他們的行動方式使他們不必害怕具體操作上的失敗，但卻不能不害怕報復。設想中的報復者當然是被他們傷害的人，於是他們的使命注定是要連續不斷地傷害被傷害者。你如果被小人傷害了一次，那麼等著吧，第二、第三次更大的傷害在等著你，因為不這樣做小人缺少安全感。

歷史上，任何小人成事，都有一個秘訣：絕不讓事情的原始整體明確呈現，而是故意地零敲碎打、多層分解，分解得越零碎、越複雜，就越能遮人耳目。正是這種分解，使人們失去了辨別真相的可能。

小人精明但缺少遠見，因此他們在製造一個個具體的惡果時，並沒有想這些惡果最終組接起來將會釀成一個什麼樣的結局。當他們不斷挑唆權勢和輿情的初期，似乎一切順著他們的意志在發展，而當權勢和輿情終於勃然而起揮灑暴力的時候，連他們也不能不瞠目結舌、騎虎難下了。

本來，為人奴僕也是一種社會構成，並沒有什麼可羞恥或可炫耀的。但其中有些人，成了奴僕便依仗主子的聲名欺侮別人，主子失勢後卻對主子本人惡眼相報，甚至平日在對主子低眉順眼之時，也不時窺測著掀翻和吞沒主子的各種可能，這便是惡奴了，而惡奴則是很典型的一種小人。

因一時的災荒行乞求生是值得同情的，但當行乞成為一種習慣性職業，進而滋生出一種群體性的心理文化方式，則必然成為社會公害。乞丐心理的基點，在於以自穢、自弱為手段，點滴而又快速地完成著對他人財物的佔有。乞丐型小人的心目中沒有明確的所有權概念，他們認為世間的一切都不是自己的，又都是自己的，只要捨得犧牲自己的人格形象來獲得人們的憐憫，不是自己的東西有時可能轉換成自己的東西。他們的腳永遠踩踏在轉換所有權的滑輪上，獲得前，語調誠懇讓人流淚，獲得後，立即翻臉不認人。

文痞其實也就是文化流氓，與一般流氓不同的是他們注意修飾文化形象，知道一點文化品格的基本經緯，因而總要花費不少力氣把自己打扮得慷慨激昂。作為文人，他們特別知道輿論的重要，因而把很大的注意力花費在謠言的傳播上。

在古代，造出野心家王莽是天底下最廉潔奉公的人，並把他推上皇帝寶座的是這幫人；在現代，給弱女子阮玲玉潑上很多髒水而使她無以言辯，只得寫下「人言可畏」的遺言自盡的也是這幫人。他們手上有一支筆，但幾乎沒有為文化建設像模像樣地做過什麼，除了阿諛就是誹謗。他們腳跨流氓意識和文化手段之間，在中國這樣一個文化落後的國家特別具有偽裝性，也特別具有破壞性。因為只有他們，能把其他類型小人的局部惡濁，經過文化裝潢變成了一種廣泛的社會污染。

不知從什麼時候開始，我們社會上特別痛恨的都不是各種類型的小人。我們痛恨不知天高地厚、口出狂言的青年，我們痛恨敢於無視親友鄰里的規勸死死追求異性的情種，我們痛恨不顧一切的激進派或者巍然不動的保守派，我們痛恨跋扈、妖冶、窮酸、固執，我們痛恨這痛恨那，卻不會痛恨那些沒有立場的遊魂、轉瞬即逝的笑臉、無法驗證的美言、無可檢收的許諾。很長時間我們都以某種政治觀點決定自己的情感投向，而小人在政治觀點上幾乎是無可無不可的，因此容易同時討好兩面，至少被兩面都看成中間狀態的友鄰。我們厭惡愚昧，小人智商不低；我們厭惡野蠻，小人在多數情況下不幹血淋淋的蠢事。結果，我們極其嚴密的社會觀念監察網路疏而不漏地垂顧著各色人等，卻獨獨把小人給放過了。

小人是善於做情感遊戲的，這對很多勞於事功而深感寂寞的好人來說正中下懷。在這個問題上小人與正常人的區別是：正常人的情感交往是以袒示自我的內心開始的，小人的情感遊戲是以揣摩對方的需要開始的。小人往往揣摩得很準，人們一下就進入了他們的陷阱，誤認他們為知己。小人就是那種沒有一個真正的朋友卻曾有很多人把他們誤認為知己的人。到後來，人們也會漸漸識破他們的真相，但既有舊情牽連，又不好驟然翻臉。

有不少人，就整體而言不能算是小人，但在特定的情勢和境遇下，靈魂深處也悄然滲透出一點小人情緒，這就與小人們的作為對應起來了，成為小人鬧事的幫手和起哄者。

謠言和謊言為什麼有那麼大的市場？按照正常的理性判斷，大多數謠言是很容易識破的，但居然會被智力並不太低的人們大規模傳播，原因只能說是傳播者對謠言有一種潛在的需要。

一切正常人都會有失落的時候，失落中很容易滋長嫉妒情緒，一聽到某個得意者有什麼問題，心裏立即獲得了某種竊竊自喜的平衡，也不管起碼的常識和邏輯，也不做任何調查和印證，立即一哄而起，形成圍啄。更有一些人，平日一直遺憾自己在名望和道義上的欠缺，一旦小人提供一個機會能在攻擊別人過程中獲得這種補償，也會在猶豫再三之後探頭探

腦地出來，成為小人的同夥。

如果僅止於內心的潛在需要試圖滿足，這樣的陷落也是有限度的，良知的警覺會使他們拔身而走；但也有一些人，開始只是說不清道不明的內心對立而已，而一旦與小人合伴成事後又自恃自傲，良知麻木，越沉越深，那他們也就成了地地道道的小人而難以救藥了。

從這層意義上說，小人最隱秘的土壤，其實在我們每個人的內心。即便是吃夠了小人苦頭的人，一不留神也會在自己的某個精神角落為小人挪出空地。

人們常常把那些對自己提出了不恰當批評的人看作小人，這其實是不對的。在很多時候，即便那些給我們帶來毀損的人也未必是小人，因此，需要把對毀損的態度和對小人的態度分開來說。毀損是一種特殊事件，小人是一種恒久存在。毀損針對個人，小人荼毒社會。因此，毀損不必糾纏，而小人有待研究。

研究小人是為了看清小人，給他們定位，以免他們繼續頻頻地騷擾我們的視線。爭吵使他們加重，研究使他們失重，逐步讓他們處於低位元狀態、邊緣狀態、贅餘狀態。

雖然小人尚未定義，但我看到一個與小人有關的定義，一個關於時代的定義。一個美國學者說，所謂偉大的時代，也就是大家都不把小人放在眼裏的時代。這個定義十分精彩。小人總有，他們的地位與時代的價值成反比。小人若能在一定的精神氣壓下被低位安頓，這個時代就已經在問鼎偉大。

另外，我覺得即便是真的小人也應該受到關愛，我們要鄙棄的只不過是他們的生態和心態。

氣吞山河的人物也會產生小人心理。

清代山西票號「日昇昌」的總經理雷履泰和第一副總經理毛鴻翽之間的糾紛，可以作為最讓人痛心的例子。毫無疑問，兩位都是那個時候堪稱全國一流的商業管理專家，一起創辦了「日昇昌」票號，因此也是中國金融史上一個新階段的開創者，都應該名垂史冊。雷履泰氣度恢弘，能力超群，又有很大的交際魅力，幾乎是天造地設的商界領袖；毛鴻翽雖然比雷履泰年輕十七歲，卻也是才華橫溢、英氣逼人。兩位強人撞到了一起，開始是親如手足、相得益彰，但在事業獲得成功之後卻不可避免地遇到了一個中國式的大難題：究竟誰是第一功臣？

一次，雷履泰生了病在票號中休養，日常事務不管，遇到大事還要由他拍板。這使毛鴻翽覺得有點不大痛快，便對財東老闆說：「總經理在票號裏養病不太安靜，還是讓他回家休息吧。」財東老闆就去找了雷履泰，雷履泰說，我也早有這個意思，當天就回家了。過幾天財東老闆去雷家探視，發現雷履泰正忙著向全國各地的分號發信，便問他幹什麼。雷履泰說：「老闆，日昇昌票號是你的，但全國各地的分號卻是我安設在那裏的，我正在一一撤回來好交代給你。」老闆一聽大事不好，立即跪在雷履泰面前，求他千萬別撤分號。雷履泰最後只得說：「起來吧，我也估計到讓我回家不是你的主意。」老闆求他重新回票號視事，雷履泰卻再也不去上班。老闆沒辦法，只好每天派夥計送酒席一桌，銀子五十兩。毛鴻翽看到這個情景，知道不能再在「日昇昌」待下去了，便辭職去了蔚泰厚布莊。

這事件乍一聽都會為雷履泰叫好，但轉念一想又覺得不是味道。是的，雷履泰獲得了全勝，毛鴻翙一敗塗地，然而這裏無所謂是非，只是權術。用權術擊敗的對手是一段輝煌歷史的共創者，於是這段歷史也立即破殘。中國許多方面的歷史總是無法寫得痛快淋漓、有聲有色，很大一部分原因就在於這種有代表性的歷史人物之間必然會產生的惡性衝突。商界的競爭較量不可避免，但在人生的層面上把對手逼上絕路，總與健康的商業規範相去遙遙。

毛鴻翙當然也要咬著牙齒進行報復，他到了「蔚泰厚」之後就把「日昇昌」票號中兩個特別精明能幹的夥計挖走並委以重任，三個人配合默契，把「蔚泰厚」的商務快速地推上了台階。雷履泰氣恨難紓，竟然寫信給自己的各個分號，揭露被毛鴻翙勾走的兩名小卒出身低賤，只是湯官和皂隸之子罷了。事情做到這個份上，這位總經理已經很失身份。但他還不罷休，不管在什麼地方，只要一有機會就拆「蔚泰厚」的台，例如由於雷履泰的謀劃，「蔚泰厚」的蘇州分店就無法做分文的生意。這就不是正常的商業競爭了。

最讓我難過的是，雷、毛這兩位智商極高的傑出人物在勾心鬥角中採用的手法越來越庸俗，最後竟然都讓自己的孫子起一個與對方一樣的名字，以示污辱：雷履泰的孫子叫雷鴻翙，而毛鴻翙的孫子則叫毛履泰！這種污辱方法當然是純粹中國化的，我不知道他們在憎恨敵手的同時是否還愛惜兒孫，我不知道他們用這種名字呼叫孫子的時候會用一種什麼樣的口氣和聲調。

可敬可佩的山西商人啊，難道這是你們給後代的遺贈？你們創業之初的吞天豪氣和動人信義都到哪裏去了？怎麼會讓如此無聊的詛咒來長久地佔據你們日漸蒼老的心？

第六章 愼爲文人

愼爲文人

文明可能產生於野蠻，卻絕不喜歡野蠻。
我們能熬過苦難，卻絕不讚美苦難。
我們不怕迫害，卻絕不肯定迫害。

「中國文人」是一個什麼概念？真是一言難盡，十言難盡，百言難盡。你可以投給它最高的崇敬、最多的憐惜，也可以投給它最大的鄙視、最深的忿恨。

——一切，都不會過分。

中國文人有過輝煌的典範，輝煌得絕不遜色於其他文明故地的同行。

中國文人的原型是孔子、老子、莊子；中國文人在精神品德上的高峰是屈原和司馬遷；中國文人在人格獨立上的絕唱是魏晉名士。

唐代以後，情況開始複雜。產生了空前絕後的大詩人李白、杜甫，但他們在人格獨立上都已不及他們的前輩。科舉制度開始，一千三百多年全國文人爭走的那條獨木橋，造成了中國文人一系列的集體負面人格。覬覦官場、敢於忍耐、奇妒狂嫉、虛詐矯情……即便在科舉的縫隙中出了一些出色的學者和藝術家，大多也是自吟自享型的，很少真正承擔社會的精神責任。

近代以來，中華文明險遭顛覆，中國文人中有一部分站到了社會改革的第一線，卻又陷於爭鬥，走向激進，大多失落了文化本位，很難再被稱作真正的文人。其間的另一部分，則以文行惡，忙於整人，或胡言亂語，侮辱民智，留給人們最醜陋的記憶。

除了對待官場的態度外，阮籍更讓人感到怪異的，是他對於禮教的輕慢。例如眾所周知，禮教對於男女間接觸的防範極嚴，叔嫂間不能對話，朋友的女眷不能見面，鄰里的女子不能直視，如此等等的規矩，成文和不成文地積累了一大套。中國男子，尤其是中國文人，一度幾乎成了最厭惡女性的一群奇怪動物，可笑的不自信加上可惡的淫邪推理，既裝模作樣又戰戰兢兢。對於這一切，阮籍斷然拒絕。有一次嫂子要回娘家，他大大方方地與她告別，說了好些話，完全不理叔嫂不能對話的禮教。隔壁酒坊裏的小媳婦長得很漂亮，阮籍經常去喝酒，喝醉了就在人家腳邊睡著了，他不避嫌，小媳婦的丈夫也不懷疑。

一位兵家女孩，極有才華又非常美麗，不幸還沒有出嫁就死了。阮籍根本不認識這家的任何人，也不認識這個女孩，聽到消息後卻莽撞趕去弔唁，在靈堂裏大哭一場，把滿心的哀悼傾訴完了才離開。阮籍不會裝假，毫無表演意識，他那天的滂沱淚雨全是真誠的。這眼淚，不是

為親情而灑，不是為冤案而流，只是獻給一個美好而又殞逝的生命。荒唐在於此，高貴也在於此。有了阮籍那一天的哭聲，中國數千年來其他許多死去活來的哭聲就顯得太具體、太實在，也太自私了。終於有一個真正的男子漢像模像樣地哭過了，沒有其他任何理由，只為美麗，只為青春，只為異性，只為生命，哭得抽象又哭得淋漓盡致。依我看，男人之哭，至此盡矣。

我一直在想，為什麼在魏晉亂世，文人名士的生命會如此不值錢？思考的結果是：看似不值錢，恰恰是因為太值錢。當時的文人名士，有很大一部分人承襲了春秋戰國和秦漢以來的哲學、社會學、政治學、軍事學思想，無論在智慧水平上還是在社會聲望上都能有力地輔佐各個政治集團。因此，爭取他們，往往關係政治集團的成敗；殺戮他們，則是因為害怕他們為其他政治集團效力。

相比之下，當初被秦始皇所坑的儒生，作為知識份子的個體人格形象還比較模糊，而到了魏晉時期被殺的知識份子，無論在哪一個方面都不一樣了。他們早已是真正的名人，姓氏、事跡、品格、聲譽，都隨著他們的鮮血，滲入中華大地，滲入文明史冊。文化的慘痛，莫過於此；歷史的恐怖，莫過於此。

魏晉名士被殺的名單可以開得很長，置他們於死地的罪名很多，而能夠解救他們、為他們辯護的人卻一個也找不到。對他們的死，大家都十分漠然，也許有幾天會成為談資，但濃重的殺氣壓在四周，誰也不敢多談，待到時過境遷，新的紛亂又雜陳在人們眼前，翻舊賬的興趣早已索然。文化名人的成批被殺居然引不起太大的社會波瀾，連後代史冊寫到這些事情時筆調也平靜得如古井死水。

真正無法平靜的，是血泊邊上那些僥倖存活的名士。嚇壞了一批，嚇得庸俗了、膽怯了、圓滑了、變節了、噤口了，這是自然的，人很脆弱，從肢體結構到神經系統都是這樣，不能深責；但畢竟還有一些人從驚嚇中回過神來，重新思考哲學、歷史以及生命的存在方式。於是，一種獨特的人生風範，便從黑暗、混亂、血腥的擠壓中飄然而出。

在嵇康、阮籍去世之後的百年間，大書法家王羲之、大畫家顧愷之、大詩人陶淵明相繼出現。二百年後，大文論家劉勰、鍾嶸也相繼誕生，如果把視野拓寬一點，這期間，化學家葛洪、天文學家兼數學家祖沖之、地理學家酈道元等大科學家也一一湧現。這些人，在各自的領域幾乎都稱得上是開天闢地的巨匠。魏晉名士們的焦灼掙扎，開拓了中國知識份子自在而又自為的一方心靈秘土，文明的成果就是從這方心靈秘土中蓬勃地生長出來的。以後各個門類的千年傳代，也都與此有關。

但是，當文明的成果逐代繁衍之後，當年精神開拓者們的奇異形象卻難以復見。嵇康、阮籍他們在後代眼中越來越顯得陌生和乖戾，陌生得像非人，乖戾得像神怪。

有過他們，是中國文化的幸運，失落他們，是中國文化的遺憾。

柳宗元的貶放地是永州。他在永州待了十年，日子過得孤寂而荒涼。親族朋友不來理睬，地方官員時時監視。災難使他十分狼狽，一度蓬頭垢面，喪魂落魄。但是，災難也給了他一份寧靜，使他有足夠的時間與自然相晤，與自我對話。於是，他進入了最佳寫作狀態，中國文化史擁有了〈永州八記〉和其他篇什。

照理，他可以心滿意足，不再顧慮仕途枯榮。但是，他是中國文人，即便實現了自己的價值，卻又迷惘著自己的價值。永州歸還給他一顆比較完整的靈魂，但靈魂的薄殼外還隱伏著無數誘惑。這年年初，一紙詔書命他返回長安，他還是欣喜萬狀，急急趕去。

我在排排石碑間踽踽獨行。中國文人的命運，在這裏裸裎。

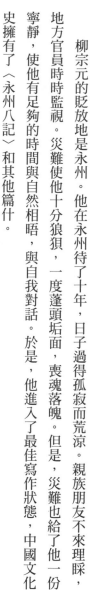

日近中天了，這裏還是那樣寧靜。遊人看是一個祠堂，不大願意進來。幾個少年抬起頭看了一會石碑，他們讀不懂那些碑文。石碑固執地愴然肅立，少年們放輕腳步，離它們而去。

靜一點也好，從柳宗元開始，這裏歷來寧靜。京都太嘈雜了，面壁十年的九州學子，都曾嚮往過這種嘈雜。惟有在這裏，文采華章才從朝報奏摺中抽出，重新凝入心靈，並蔚成方圓。世代文人，由此而增添一成傲氣，三分自信。朝廷萬萬未曾想到，正是發配南荒的御批，保存了民族的一些氣韻。

對徐渭我瞭解得比較多。從小在鄉間老人口中經常聽「徐文長」的故事，年長後細讀了他的全部文集，洗去了有關他的許多不經傳說，而對他的印象卻愈來愈深。他實在是一個才華橫溢的大藝術家，但人間苦難也真是被他嘗盡了。他由超人的清醒而走向孤傲，走向佯狂，直至有時真正的瘋癡。他遭遇過複雜的家庭變故，參加過抗倭鬥爭，又曾惶恐於政治牽連。他曾自撰墓誌銘，九次自殺而未死。他還誤殺過妻子，坐過六年多監獄。他厭棄人世、厭棄家庭、厭棄自身，但他又清楚自己的文化重量，這就產生了特別殘酷、也特別響亮的生命衝撞。浙江的老百姓憑著直覺感觸到了他的生命溫度，把他作為幾百年的談資。老百姓主要截取了他佯狂的一面來作滑稽意義上的衍生，而實際上他的佯狂背後埋藏的都是悲劇性的精神激潮。在中國古代畫家中，人生經歷像徐渭這樣淒厲的人不多，即便有，也沒有能力把它幻化成那麼有力的色彩和線條。

明確延續著這種悲劇意識的，是朱耷。他的遭遇沒有徐渭那樣慘，但作為已亡的大明皇室的後裔，他的悲劇性感悟卻比徐渭多了一個更寥廓的層面。他的天地全都沉淪，只能在紙幅上拼接一些枯枝、殘葉、怪石來張羅出一個個地老天荒般的殘山剩水，讓一些孤獨的鳥、怪異的魚暫時躲避。這些鳥魚完全掙脫了秀美的美學範疇，而是誇張地袒露其醜，以醜直撞人心，以醜傲視甜媚。它們是禿陋的，畏縮的，不想惹人，也不想發出任何聲響，但它們卻都有一副讓天地都為之一寒的白眼，冷冷地看著，而且把這冷冷地看當作了自身存在的目的。它們似乎又

是木訥的，老態的，但從整個姿勢看又隱含著一種極度的敏感，它們會飛動，會遊弋，會不聲不響地突然消失。

災難，對常人來說也就是災難而已，但對知識份子來說就不一樣了。當災難初臨之時，他們比一般人更緊張、更痛苦、更缺少應付的能耐；但是當這一個關口度過之後，他們當中部分人的文化意識又會重新甦醒，開始與災難周旋，在災難中洗刷掉那些只有走運時才會追慕的虛浮層面，去尋求生命的底蘊。到了這個時候，本來經常會嘲笑知識份子幾句的其他流放者不得不收斂了，他們開始對這些喜歡長歔短歎而又手無縛雞之力的斯文人另眼相看。

負面的政治暴行也可能帶來正面的文化成果。

文化人在政治上的失敗，也可能換來文化上的收穫。

一個南方的詩書之家被下令在東北世世代代流放下去，對這個家族來說是莫大的悲哀，但他們對東北文明的開發事業卻進行了一代接一代的連續性攻堅。他們是流放者，但他們實際上又成了老資格的「土著」。他們的故鄉究竟在何處呢？我提這問題，在同情和惆悵中又包含著對勝利者的敬意，因為在文化意義上，他們是英勇的佔領者。

不管怎麼說，東北這塊在今天的中華版圖中已經一點也不顯得荒涼和原始的土地，應該記住浙江呂留良家族，安徽方拱乾、方孝標家族和其他流放者。是他們的眼淚和汗水，是他們軟軟的南方口音，給這塊土地播下了文明的種子。相比之下，那些被歷史學家重視的邊界戰役和民族抗爭，那些轟轟烈烈的大事件，倒是沒有給這塊土地帶來多少文明滋養。

從宏觀來說，流放無論如何也是對文明的一種摧殘。部分流放者從傷痕累累的苦痛中掙扎出來，手忙腳亂地創造出了那些文明，並不能給流放本身增色添彩。且不說多數流放者不再有什麼文化創造，即便是被後人評價最高的那幾位，也無法成為我國文化史上的第一流人才。第一流人才可以受盡磨難，卻不能受到超越基本生理限度和物質限度的最嚴重侵害。儘管屈原、司馬遷、曹雪芹也受了不少苦，但甯古塔那樣的流放方式卻永遠也出不了《離騷》、《史記》和《紅樓夢》。

文明可能產生於野蠻，卻絕不喜歡野蠻。我們能熬過苦難，卻絕不讚美苦難。我們不怕迫害，卻絕不肯定迫害。

部分文人之所以能在流放的苦難中顯現人性、創建文明，本源於他們內心的高貴。他們的外部身分和遭遇可以一變再變，但內心的高貴卻未曾全然銷蝕。這正像不管有的人如何追趕潮流或身居高位，卻總也掩蓋不住內心的卑賤一樣。

毫無疑問，最讓人動心的是苦難中的高貴，最讓人看出高貴之所以高貴的，也是這種高貴。憑著這種高貴，人們可以在生死存亡線的邊緣上吟詩作賦，可以用自己的一點溫暖去化開別人心頭的冰雪，繼而，可以用屈辱之身去點燃文明的火種。他們為了文化和文明，可以不顧

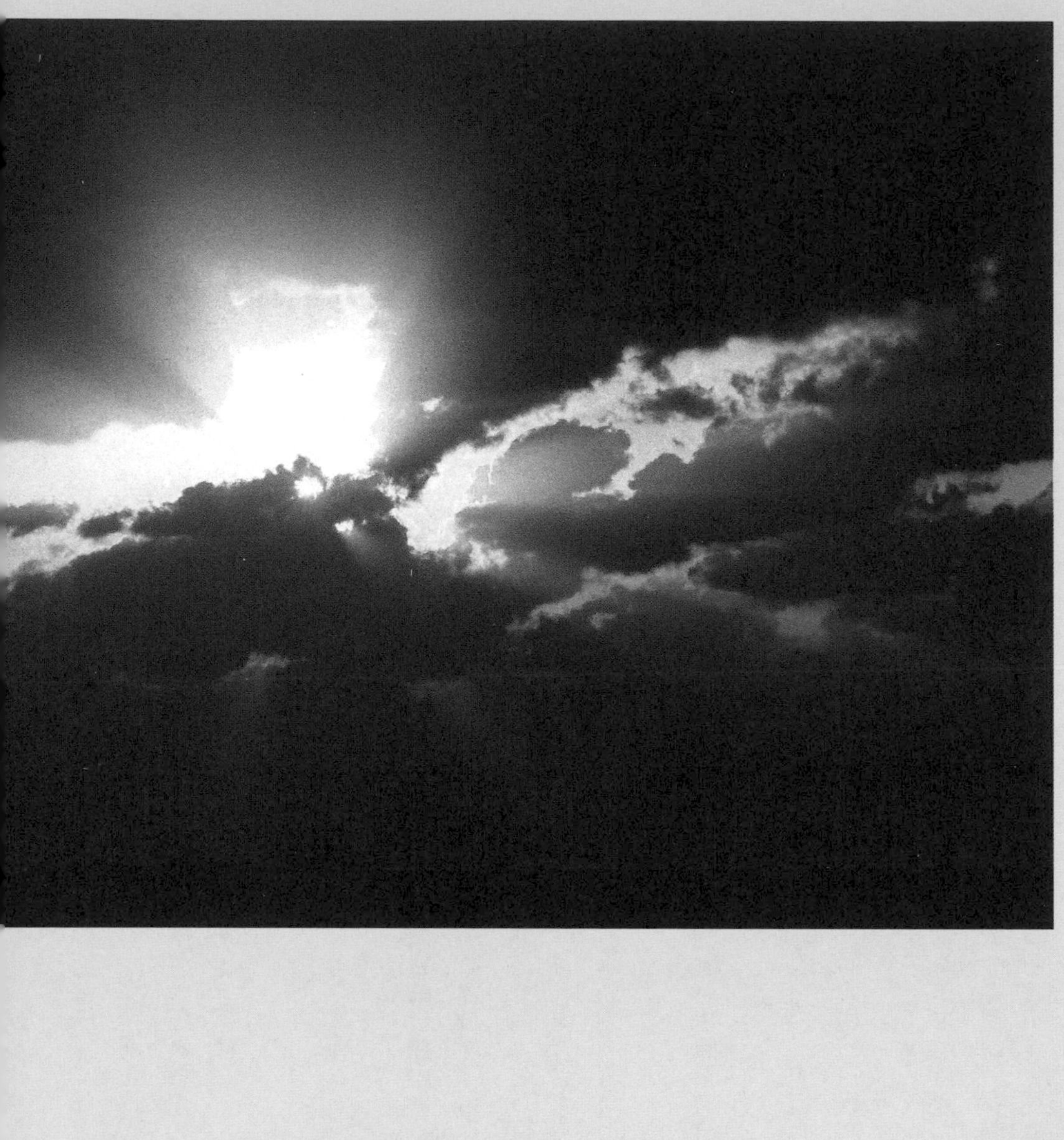

物欲利益，不顧功利得失，義無反顧，一代又一代。

中國傳統文學中最大的抒情主題，不是愛，不是死，而是懷古之情、興亡之歎。某個地方，如果曾經留下過王侯鐘鼎、將軍營寨或名士茶席，此刻卻只剩頹垣碎瓦、荒草冷月，中國文人一旦知道大多會找去，而且產生著魔般的感動。這種感動常常連心理程式、憑藉辭彙也完全相同，可見是一種集體症候。

懷古之情、興亡之歎表明，中國文人在整體上傾向於歷史體驗，既迷醉於感同身受的歷史幻想，又迷醉於匹夫有責的歷史責任。只可惜歷史太長，步子太慢，迴圈太多，經常同義反覆，不能不滿心徒歎無奈，滿嘴陳詞濫調。

自衛式的隱遁，是中國知識份子的機智，也是中國知識份子的狡黠。不能把志向實現於社會，便躲進一個自然小天地自娛自耗。他們消除了志向，漸漸又把這種消除當作了志向。安貧樂道的達觀修養，成了中國文化人格結構中一個寬大的地窖，儘管有濃重的霉味，卻是安全而寧靜。於是，十年寒窗，博覽文史，走到了民族文化的高坡前，與社會交手不了幾個回合，便把一切沉埋進一座座孤山。

結果，群體性的文化人格日趨黯淡。春去秋來，梅凋鶴老，文化成了一種無目的的耗費。封閉式的道德完善，導向了總體目的上的不道德。文明的突進，也因此被取消，剩下一堆梅瓣、鶴羽，像書籤一般，夾在民族精神的史冊上。

我發現自己特別想去的地方，總是古代文人留下較深腳印的所在，說明我心底的山水並不完全是自然山水，而是一種「人文山水」。這是中國歷史文化對我的長期薰染造成的，要擺脫也擺脫不了。每到一個地方，總有一種沉重的歷史氣壓罩住我的全身，使我無端地感動，無端地喟歎。常常像傻瓜一樣木然佇立著，一會兒滿腦章句，一會兒滿腦空白。

我站在古人一定站過的那些方位上，用與先輩差不多的黑眼珠打量著很少會有變化的自然景觀，靜聽著與千百年前沒有絲毫差異的風聲鳥聲，心想，在我居留的大城市裏有很多貯存古籍的圖書館，講授古文化的大學，而中國文化的真實步履卻落在這山重水復、莽莽蒼蒼的大地上。大地默默無言，只要來一二個有悟性的文人一站立，它封存久遠的文化內涵也就能嘩的一聲奔瀉而出；文人本也萎靡柔弱，只要被這種奔瀉所裹卷，倒也能吞吐千年。結果，就在這看似平常的佇立瞬間，人、歷史、自然渾然地交融在一起了，於是有了寫文章的衝動。我已經料到，寫出來的會是一些無法統一風格、無法劃定體裁的奇怪篇什。沒有料到的是，我本為追回自身的青春活力而出遊，而一落筆卻比過去寫的任何文章都顯得蒼老。

中國現代文人中最優秀的群落，往往也很難擺脫一個毛病，那就是把自己的大多數行為當作圈子內互為觀眾的表演，很少在乎圈子外的一切。

這就把文化的製作過程和消耗過程合而為一了，相當於一個工廠把產品的營銷範圍全都鎖定在自己廠房的圍牆之內。那麼，我們的社會為什麼還需要這樣的工廠？

中國文人對於同行的內心排拒力，肯定是世界第一。

科舉制度一千三百多年的不懈訓練，使中國文人早就習慣於把別人當台階，踩在腳下，好讓自己一步步爬上去。一千三百多年的習慣終於沉澱成本能，即便社會已經多元，他們也要在一條小道上爭個你死我活。

一次小小的地震，把兩個蟋蟀罐摔落在地，破了。幾個蟋蟀驚惶失措地逃到草地上。

草地那麼大，野草那麼高，食物那麼多，這該是多麼自由的天地啊。但是，牠們從小就是為了那批人「鬥蟋蟀」才抓在罐子裡的，年年鬥，月月鬥，除了鬥，牠們已經不知道為什麼爬行，為什麼進食，為什麼活著。

於是，逃脫的驚慌和喜悅很快就過去了，牠們耐不住不再鬥爭的生活，都在苦苦地互相尋找。聽到遠處有響聲，牠們一陣興奮；聞到近處有氣味，它們屏息靜候；看到茅草在顫動，牠們縮身備跳；發現地上有爪痕，牠們步步追蹤……終於，牠們先後都發現了同類，找到了對手，開闢了戰場。

像在蟋蟀罐裡一樣，一次次爭鬥都有勝敗。這方的勝者丟下氣息奄奄的敗者，去尋找另一方的勝者——沒有多少時日，逃出來的蟋蟀已全部壯烈犧牲，死而後已。

它們的生命，結束得比在蟋蟀罐裏還早。因為原先那罐子既可以彙聚對手，又可以分隔對手，而在外面的自由天地裡，不再有分隔。還有，在罐子裏逗弄蟋蟀的那根軟軟的長草，既可以引發雙方鬥志，也可以撥開殊死肉搏，而在這野外的茅草叢裡，所有的長草都在看熱鬧。

世上所有蹦跳撲鬥的活潑生命，並不都是自由的象徵。多數，還在無形中過著蟋蟀般的罐中日月、廝咬生平。

唉，中國文人。

「恃弱、逞強交錯症」，是很多中國文人的心理流行病。

如何「恃弱」？永遠把自己看成是需要被照顧和關愛的人員，不斷念叨自己是無權的平民、清貧的寒士。等到政治運動一來，宣稱自己是被壓迫的一員。政治運動過去之後，他們面對官員和企業家的目光，總是求訴的，期盼的，又是矜持的。多年來他們毫無貢獻，總責怪全社會對他們憐惜不夠。大家不知道憐惜他們的理由，但還是憐惜了，得到的回應又總是不夠。

如何「逞強」？面對百姓大眾，他們總是反對「媚俗」；面對國際潮流，他們總是反對「崇洋」；面對歷史轉型，他們總是反對「新潮」。他們究竟要固守什麼呢？誰也不知道，只知道他們始終俯瞰萬象，氣吞山河。好像只要聽了他們，中國立即會富強。

誰得了這兩種病症的任何一種，都已經是夠受的了，中國文人有本事把它們糅成一體，並在社會上廣泛普及，成了一種最不可思議的人格造型。

捷克前總統哈維爾原來是一個作家，他曾這樣描述當年作家協會裏的那些文人——

「在作家協會裏當時有一種情況是我不能忍受的：表面上，幾乎每個人都在抱怨，都說開會太多，影響創作，好像都很厭煩作家協會。但奇怪的是，他們又從來不肯退出作家協會，辭職回家。他們甚至都提心吊膽地渴望下次再次當選作家協會裏的某個職務，因為這種職務直接影響到書的出版、獎的頒發和出國多寡。總之，可以借著職務獲得很多額外利益。但是，剛剛得到利益他又抱怨了，抱怨的聲音很響。」

給學生的贈言——

在當代中國，文化教育發達，卻儘量不要做文人。這是因為，「中國文人」這個概念的投影太黑太深，年輕人缺少見識，很容易被它攪渾。

一旦不幸成了文人，那就要謹慎了。努力學做一件實事，做的時候也不要打出「文人從商」、「文人做官」的牌號，而是讓自己取得一個正常謀生者的身份。千萬不可以文化知識嘘人、騙人，更不可借文化的名義害人、整人。如果杜絕了做這些壞事的可能，那麼，又要靜下心來想一想：我們究竟做過好事沒有？如果有，為什麼那麼低效，甚至無效？

第七章 清理友情

清理友情

有人說，人世間最純淨的友情只存在於孩童時代。
一位要好同學遇到困難使你放慢腳步憂思起來，開始懂得人生的重量。
就在這一刻，你突然長大。

我平生所寫的最傷感的文章之一，是《霜冷長河》裏的那篇〈關於友情〉。

我本是興致勃勃拿起筆來的，誰知真正深入這個題目就發現，人間失敗的友情遠遠多於成功的友情。但是，大家都不想承認這一點，大半輩子都在防範著友情的破碎。結果，應該破碎的友情常常被捆紮、黏合著，而不該破碎的友情反而被捏碎了。而且，事實證明，由於種種心理迷誤，最珍貴的友情最容易被捏碎，構成人世間一系列無法彌補的精神悲劇。

我的這些觀點，有古今中外大量實例證明。每提一個實例，筆底總是憂傷綿綿。

對於世間友情的悲劇性期待，我想借楚楚的一段話來概括：「真想為你好好活著，但我，疲憊已極。在我生命終結前，你沒有抵達。只為最後看你一眼，我才飄落在這裏。」

我不知道楚楚這裏的「你」是否實有所指，我借用的「你」，是泛指友情。

這片葉子，這片在期盼中活著，在期盼中疲憊，又在期盼中飄落的葉子，似乎什麼也沒有等到。但是，天地間正因為有無數這樣的葉子，才美麗得驚心動魄。

相比之下，它們期盼的物件，卻不重要了。期盼，歷來比期盼的物件重要。正如我多次說過的，思鄉比家鄉重要。同樣，人類對友情的期盼是在體驗著一種縹緲不定的生命哲學，而真正來到身邊的「友情」卻是那麼偶然。但願那個遲到了一輩子的傢伙永不抵達，好讓我們多聽幾遍已經飄落在地的金黃色的呢喃。

正是這種呢喃，使滿山遍野未曾飄落的葉子，知道自己是誰，該做什麼。

* * *

在海灘濕地的蘆葦蕩裏，一隻落伍的孤雁，悠閒地漫步，把腳印留在淤泥間，沒有露出絲毫慌張之色。

從太祖父開始，就已經習慣集體飛翔。父親被一獵人打傷後落地，雁群盤旋一圈快速離去，沒再理會那乾澀的哀號。

我，已經三次故意掉隊。

第一次掉隊後曾經慌亂，三分後悔，七分等待，等待第二天別的雁群把自己接納。

第二次掉隊後在草叢中休息了三天，聽到天上有雁群飛過，抬起頭來懷疑地一瞟，瞟了七次才把翅膀張開。

這是第三次掉隊。不再刻意休息，也不再抬起頭來。對於群飛的生活已完全失望，只想在土地上遇見另一隻掉隊的孤雁。也許就在那個土丘背後，也許還要等上十天半月，見面時步態矜持，慢慢走近，目不轉睛，輕叫兩聲，然後單翅一搧，算是交了朋友。

是否要訂交，是否要結義，是否要同棲同飛，還需要等待時間。都是最有主見的掉隊者，在這些方面不再輕率。

我不喜歡那種偽裝天真純淨、虛設理想狀態的抒情散文。它們的問題，主要不在文風膩人，而是內容害人。

很多學生年紀輕輕就產生了巨大的失落感，渾身憂鬱，就是因為上了這種抒情散文的當，以為世間真有那麼多五彩的肥皂泡，結果，所有的肥皂泡都破了。

友情就是這種抒情散文最熱衷的題目，因此孩子們在這方面受騙的機會也特別多——請注意，我不是說受朋友的騙，而是受文章的騙。

世間友情從來就不可能是全方位吻合的，只要友情雙方都是自主的真人。世間友情也不會是始終保持在同一個精神水平之上的，只要友情雙方都是承擔多方角色又時時變化著的活人。世間友情更不會是長久相守永不厭倦的，只要友情雙方都是有求新欲望的正常人。

因此，世間友情只是欣喜乍見，只是偶然相逢，只是心意暫聚，只是局部重疊，只是體諒相助，只是因緣互尊。這麼說有點掃興，但與真實更加接近。如果較早地把這種真實告訴學生們，那麼，他們今後在友情問題上的巨大失落、諸般極端、種種變態，就有可能避免。

我看到，被最美的月光籠罩著的，總是荒蕪的山谷。
我看到，被最密集的「朋友」簇擁著的，總是友情的孤兒。

我看到，最興奮的晚年相晤，總是不外於昔日敵手。
我看到，最怨憤的蒼老歎息，總是針對著早年的好友。

我看到，最堅固的結盟，大多是由於利益。
我看到，最決絕的分離，大多是由於情感。

我看到，最容易和解的，是百年血戰。
我看到，最不能消解的，是半句齟齬。

我看到，最低俗的友情被滔滔的酒水浸泡著，越泡越大。
我看到，最典雅的友情被矜持的水筆描畫著，越描越淡。

我看到，最早到臨終床前的，總是小人。
我看到，最後被告知噩耗的，總是摯友。

一過中年，人在很大程度上是為朋友們活著了。各種宏大的目標也許會一一消退，而友情的目標則越來越強硬。報答朋友，安慰朋友，讓他們高興，使他們不後悔與自己朋友一場。所謂成功，不是別的，是朋友們首肯的眼神和笑聲。我們在任何情況下都在企盼著它們，而不是企盼那沒有質感的經濟數位和任命文本。我們或許關愛人類，心懷蒼生，並不以朋友的圈子為精神終點，但朋友仍是我們遠行萬里的鼓勵者和送別者。我們經由朋友的橋梁，向億萬眾生走去。很難設想一個沒有朋友的人，居然能兼濟天下。

讓我特別傾心的是康熙年間顧貞觀把自己的老友吳兆騫從東北流放地救出來的那番苦功夫。顧貞觀知道老友在邊荒時間已經很長，吃足了各種苦頭，很想晚年能贖回來讓他過幾天安定日子。他有決心叩拜座座侯門為贖金集資，但這事不能光靠錢，還要讓當朝最有權威的人點頭，向皇帝說項才是啊。他好不容易結識了當朝太傅明珠的兒子納蘭容若。納蘭容若是一個人品和文品都不錯的人，也樂於幫助朋友，但對顧貞觀提出的這個要求卻覺得事關重大，難於點頭。顧貞觀沒有辦法，只得拿出他為思念吳兆騫而寫的詞作〈金縷曲〉兩首給納蘭容若看，因為那兩首詞表達了一種人間至情，應該比什麼都能說服納蘭容若。兩首詞的全文是這樣的：

季子平安否？便歸來，平生萬事，那堪回首。行路悠悠誰慰藉，母老家貧子幼。記不起從前杯酒。魑魅搏人應見慣，總輸他覆雨翻雲手。冰與雪，周旋久。

淚痕莫滴牛衣透，數天涯，依然骨肉，幾家能夠？比似紅顏多命薄，更不如今還有。只絕塞苦寒難受，廿載包胥承一諾，盼烏頭馬角終相救。置此劄，君懷袖。

我亦飄零久。十年來，深恩負盡，死生師友。宿昔齊名非忝竊，試看杜陵消瘦，曾不減夜郎潺愁。薄命長辭知己別，問人生到此淒涼否？千萬恨，為君剖。

兄生辛未吾丁丑，共此時，冰霜摧折，早衰蒲柳。詞賦從今須少作，留取心魂相守。但願得河清人壽。歸日急翻行戍稿，把空名料理傳身後。言不盡，觀頓首。

不知讀者諸君讀了這兩首詞作何感想，反正納蘭容若當時剛一讀完就聲淚俱下，對顧貞觀說：「給我十年時間吧，我當作自己的事來辦，今後你完全不用再叮囑我了。」顧貞觀一聽急了：「十年？他還有幾年好活？五年為期，好嗎？」納蘭容若擦著眼淚點了點頭。

經過很多人的努力，吳兆騫終於被贖了回來。在歡迎他的宴會上，有一位朋友寫詩道：「廿年詞賦窮邊老，萬里冰霜匹馬還。」是啊，這麼多年也只是他一個人回來，但這一萬里歸來的「匹馬」，真把人間友誼的力量負載足了。

還有一個人也是靠朋友，而且是靠同樣在流放的朋友的幫助，偷偷逃走的，他就是浙江蕭山人李兼汝。這個人本來就最喜歡交朋友，據說不管是誰只要深夜叩門他一定要留宿，客人有什麼困難他總是傾囊相助。他被流放後，一直靠一起流放的朋友楊越照顧他，後來他年老體衰，實在想離開那個地方，楊越便想了一個辦法，讓他躲在一個大甕裏由牛車拉出去，楊越從頭至尾操作此事，直至最後到了外面把他從大甕裡拉出來揮淚作別，自己再回來繼續流放。這件事的真相，後來在流放者中悄悄傳開來了，大家十分欽佩楊越，只要他有什麼義舉都一起出力相助，以不參與為恥。在這個意義上，災難確實能淨化人，而且能淨化好多人。

常聽人說，人世間最純淨的友情只存在於孩童時代。這是一句極其悲涼的話，居然有那麼多人贊成，人生之孤獨和艱難，可想而知。

我並不贊成這句話。孩童時代的友情只是愉快的嬉戲，成年人靠著回憶追加給它的東西很不真實。友情的真正意義產生於成年之後，它不可能在尚未獲得意義之時便抵達最佳狀態。

其實，很多人都是在某次友情感受的突變中，猛然發現自己長大的。仿佛是哪一天的中午或傍晚，一位要好同學遇到的困難使你感到了一種不可推卸的責任，你放慢腳步憂思起來，開始懂得人生的重量。就在這一刻，你突然長大。

平時想起一座城市，先會想起一些風景，到最後，必然只想這座城市裏的朋友。是朋友，決定了我們與各個城市的親疏。

初到一個陌生地，寂寞到慌亂，就是因為還沒有找到朋友。在熙熙攘攘的大街上，突然見到一個朋友，那麼，時間和空間就會在剎那間產生神奇的蛻變。有時，久違的朋友會在我們還沒有發現時從背後狠狠地擂過來一拳，這一拳的分量往往不輕，但奇怪的是我們還沒有回頭就能感覺到這種分量所包含的內容，因此總是滿臉驚喜，然後再轉身尋找。我們走在街上，肩膀和後背總在等待著這種拳頭。等了半天沒等到，空落落地走一路，那才叫無聊。

友情的崩坍，重於功業的失敗，險過敵人的逼近。

一切成功的政治人物一定會在友情上下大功夫，否則不可能吸引那麼多人手提生命跟著他們奮鬥。但是，他們果真在友情上如此豐盈嗎？遠遠未必。不少政治人物一旦失勢，在友情上往往特別荒涼。但他們不願承認這一點，因為僅僅這一點就足以把他們一生的功績大部分抵消。有的政治人物在處置友情時有一種居高臨下的主動權，但越是這樣越容易失去友情的平等本質。他們握在手上時鬆時緊、時熱時冷的友情纜繩，其實已不屬於真正意義上的友情。

一切純淨而高貴的友情都是危險的，因為這既不被旁人理解，又不被家人珍惜，嫉妒者們一挑撥，就會在意想不到的地方出現裂痕。這就像，最珍貴的薄瓷最經不起撞擊。

一個無言的起點，指向一個無言的結局，這便是友情。人們無法用其他辭彙來表述它的高遠和珍罕，只能留住「高山流水」四個字，成為中國文化中強烈而縹緲的共同期待。

在古今中外有關友情的萬千美言中，我特別贊成英國詩人赫巴德的說法：「彼此無所求的朋友，才可能是真正的朋友。」真正的友情確實應該具有「無所求」的性質，一旦有所求，「求」也就成了目的，友情卻轉化為一種手段和藉口。

在功利社會中，多數朋友間是各有期待的，但大家都不把這種期待點明，成天在嘻嘻哈哈中互相偷窺，真是勞累。在這種情況下，如果有朋友突然點破，明白表示失望，然後離去，這是一種結束虛假的可喜舉動，會使雙方都感到輕鬆。

不計功利的朋友也會有，但不多，需要長期尋找。我們不能用這麼高的標準，來要求一般性的交往。

世間的友情至少有一半是被有所求敗壞的，即便所求的內容乍一看並不是壞東西。讓友情

分擔一點什麼，讓友情推進一點什麼……友情成了忙忙碌碌的工具，那它自身又是什麼呢？其實，在我看來，大家應該為友情卸除重擔，也讓朋友們輕鬆起來。朋友，就是朋友。

友情的錯位，來源於我們自身的混亂。

一些珍貴的緣分都稍縱即逝，而一堆無聊的關係卻仍在不斷灌溉。你去灌溉，它就生長，長得密密層層、遮天蔽日，長得枝如虬龍、根如羅網，它還以為在烘托你、衛護你、寵愛你。幾十年的積累，說不定已把自己與它長成一體，就像東南亞熱帶雨林中，建築與植物已不分彼此。

誰也沒有想到，從企盼友情開始的人生，卻被友情擁塞到不知自己是什麼人。川端康成自殺時的遺言是「太擁塞了」，可見擁塞可以致命。我們比他開通一點，還有可能面對著擁塞向自己高喊一聲：我到底要什麼樣的友情？

從歷史看，除了少數例外，真正的友情好像不太適宜與過大的權勢、過高的智慧連在一起。

在友情領域要防範的，是邪惡的侵入，致使整個友情系統產生基元性的蛻變，用通俗的話說，就是交錯了朋友。不是錯在一次兩次的失約、失信上，而是錯在人之為人的本質上。本質相反而又成了朋友，那就只有兩種選擇，要為結束這種友誼，要為改變自己的本質。可惜的是，很多善良的人選擇的是後者。

邪惡侵入，觸及友情領域一個本體性的悖論，很難躲避得開。友情在本性上是缺少防衛機制的，而問題恰恰就出在這一點上。幾盅濃茶淡酒，半夕說古道今，便相見恨晚，頓成知己。何謂知己？第一特徵是毫無戒心，一見傾心，不再遺忘；第二特徵是彼此可以關起門來，言人前之不敢言，吐平日之不便吐，越是隱密越貼心。

這種雜亂的組接，構成了一種隱性嗜好，不見得有多少實利目的卻能在關鍵時刻左右行止。為什麼極富智慧的大學者因為幾撥老朋友的來訪而終於成了漢奸？為什麼從未失算的大企業家只為了向某個朋友顯示一點什麼便一瀉千里？而更多的則是，一次錯交渾身惹腥，一個惡友半世受累，一著臭棋步步皆輸。產生這些後果，原因很多，但其間肯定有一個原因是為了友情，容忍了邪惡。心中也曾不安，但又怕被朋友笑話，結果，友情成了通向邪惡的拐杖。

萬不能把防範友情的破碎當成一個目的。該破碎的讓它破碎，毫不足惜；雖然沒有破碎卻發現與自己生命的高貴內質有嚴重抵觸，也要做破碎化處理。羅丹說，什麼是雕塑？那就是在石料上去掉那些不要的東西。我們自身的雕塑，也要用力鑿掉那些異己的、卻以朋友名義貼附著的雜質。不鑿掉，就沒有一個像模像樣的自己。

不少人總是認為，朋友間還有什麼可提防的呢？於是把許多與友情有關的事情處理得過於乾脆俐落，不管做成沒做成都不加說明。一說就見外，一說就不美，理解就是一切，朋友總能理解，不理解還算朋友？

但是，當誤會無可避免地終於產生時，原先的不明不白全都成了疑點。這對被疑的一方而言，無異是冤案加身，申訴無門，他的表現一定異常，異常的表現只能引起更大的懷疑，互相的友情立即變得難於收拾，只能在昏暗之中傳遞著昏暗，氣忿之中疊加著氣忿。這就形成了一個恐怖的心理黑箱，友情的纜鎖在裏邊纏繞盤旋。打下一個個死結，形成一個個短路，災難性的後果在所難免。

兩個極好的朋友不得不分手，起因往往是互相不再作移位體驗，產生了小小的差異就十分敏感。這種好友間的差異本來十分正常，與異質侵入截然不同；但在感覺上，反而因太多的共通而產生了對差異的超常不適應，就像在眼睛中落進了沙子。萬里沙丘他都容忍得了，卻不容自己的身體裏嵌入一點點東西，他把朋友當作了自己。

其實，世上哪有兩片完全相同的樹葉，即使這兩片樹葉貼得很緊。本有差異卻沒有差異準備，都把差異當作了背叛，誇大其詞地要求對方糾正。這是一種雙方的委屈，友情的回憶又使這種委屈增加了重量。負荷著這樣的重量不可能再來糾正自己，雙方都怒氣衝天地走上了不歸路。凡是重友情、講正義的人都會產生這種怒氣，而只有小人才是不會憤怒的一群。因此正人君子們一旦落入這種心理陷阱往往很難跳得出來。高貴的靈魂吞嚥著說不出口的細小原因在陷阱裡掙扎。

非常需要友情，又不太信任友情，因此試圖用數量的堆積來抵拒荒涼。這是一件非常勞累的事，哪一份邀請都要接受，哪一聲招呼都要反應，哪一位老兄都不敢得罪，結果，哪一個朋友都沒有把他當作知己。

如此廣泛的聯繫網路難免出現種種麻煩，他不知如何表態，又沒有協調的能力，於是經常目光遊移，語氣閃爍，模棱兩可。

這樣的人永遠都在忙碌：朋友間出現裂縫他去黏黏貼貼，朋友對自己產生了隔閡他也黏黏貼貼，最終也只能在自己的內心黏黏貼貼。永遠是滿面笑容，永遠是行色匆匆，卻永遠沒有搞清：友情究竟是什麼？

真正的友情不依靠什麼。不依靠事業、禍福和身份，不依靠經歷、方位和處境，它在本性上拒絕功利，拒絕歸屬，拒絕契約，它是獨立人格之間的互相呼應和確認。它使人們獨而不孤，互相解讀自己存在的意義。因此所謂朋友，也只不過是互相使對方活得更加溫暖、更加自在的那些人。

我對友情問題的簡要總結：

一、人生在世，可以沒有功業，卻不可以沒有友情。以友情助功業則功業成，為功業找友情則友情亡，兩者不可顛倒。

二、人的一生要接觸很多人，因此應該有兩個層次的友情：寬泛意義的友情和嚴格意義的友情。沒有前者未免拘謹，沒有後者難於深刻。

三、寬泛意義的友情是一個人全部履歷的光明面。它的寬度與人生的喜樂程度成正比。但不管多寬，都要警惕邪惡，防範虛偽，反對背叛。

四、嚴格意義的友情是一個人終其一生所尋找的精神小村落，在尋找的途中不應該有任何實利性的路標。在沒有尋找到的時候只能繼續尋找，而不能隨腳停駐。因此我們不宜輕言「知己」。在絕大多數情況下，安於寬泛意義上的友情，反而彼此比較自在。

五、一旦獲得嚴格意義的友情，應該以生命來濡養。但不能因珍貴而密藏於過度敏感的陰影處，而應該敞晾於博愛的陽光下，以防心理暗箱作祟。

第八章

嫉妒和謊言

嫉妒和謊言

如果嫉妒少一點，將有多少精英逃過斧鉞，將有多少人才免於埋沒。
歷史的步履還會那麼沉重嗎？

有人類，就有嫉妒和謊言。這是這個星球最通行的負面「世界語」。
但是，在中國人的日常生活中，它的通行程度堪稱全球第一。
嫉賢妒能和弄虛作假，是中華民族生命力的兩大泄漏口。

嫉妒營造著謊言，謊言加深著嫉妒。當嫉妒和謊言結合在一起，形成的化學反應往往是難於想像。

如果嫉妒少一點，中國千百年間將有多少精英逃過斧鉞，將有多少人才免於埋沒。那麼，歷史的步履還會那麼沉重嗎？

如果謊言少一點，中國人將會減去多少虛假的仇恨、偽造的亢奮、自欺的陶醉、受騙的鬧劇？那麼，集體人格的消耗會那麼徹底嗎？

但是，已經沒有「如果」。

嫉妒和謊言不僅僅是一種特殊的心理疾病或精神缺陷，而是一種無處不在的空氣。在中國，即使你不言不動、狀如槁木，也被它們密密層層地包圍著。你笑，你哭，你出門，你失蹤，它們都反應敏捷，立即追蹤，卻永遠也不會收工。

在嫉賢妒能和弄虛作假的世界裏，你能生存嗎？

能——我回答，但有點遲疑，因為條件比較苛刻。

條件是：在嫉妒的氣氛中發現賢能之所在，向著它們尊敬地一笑；在虛假的氣氛中發現真實之所在，記住它們藏身的地點。

滿世界全是賢能，也就無所謂賢能；普天下全是真實，也就無所謂真實。

正是嫉妒的浪潮，使我們認識了被它們包圍的島嶼；正是造假的風尚，使我們撿得了真實的寂寞。

我識別世事的經驗——

擁抱住嫉妒的對面，把握住虛假的背面。

謝謝嫉妒和虛假，為我們指路。

如果被別人嫉妒的是你，那麼，暗暗地把自我誇獎一次吧。

如果被別人造假的是你，那麼，再狠狠地自我陶醉一次吧。

嫉妒的起點，是人們對自身脆弱的隱憂。

天下沒有徹底的強者，也沒徹底的弱者。徹底的強者是無法生存的，因為如果要徹底，他的頭頂必須沒有天空的籠罩，他的身邊必須沒有空氣的摩擦，他該站在哪裡？徹底的弱者也是不可能存在的，因為只要一有高度就有更低的尺寸，一有分量就有更輕的事物，他要弱得徹底，只能無形無質，那又弱在何處？

所以，人生在世，總是置身於強、弱的雙重體驗中。據我看，就多數人而言，弱勢體驗超過強勢體驗。即使是貌似強大的成功者，他們的強勢體驗大多發生在辦公室、會場和各種儀式中，而弱勢體驗則發生在曲終人散之後，個人獨處之時，因此更關及生命深層。白天蜂擁在身邊的追隨者都已回家，突然的寂寞帶來無比的脆弱，脆弱引起對別人強勢的敏感和防範，嫉妒便由此而生。

嫉妒者可以把被嫉妒者批判得一無是處，而實質上，那是他們心底最羨慕的物件。自己最想做的事情，居然有人已經做了而且又做得那麼好；自己最想達到的目標，居然有人已經達到而且有目共睹，這就忍不住要用口和筆來詛咒了。

當西方的智者們在思考如何消除嫉妒的時候，中國的智者們卻在規勸如何躲避嫉妒。所謂中國古代的生存智慧，大多與這種躲避有關。「遭妒」，反倒成了一個人人都可指責的罪名。直到今天，遭妒的一方常常被說成是驕傲自大、忘乎所以，而嫉妒的一方則被說成是群眾反映、社會輿論。結果，遭妒者縮頭藏臉，無地自容，而嫉妒者則義正詞嚴，從者如雲。

中國的社會觀念顛倒過許多是非，其中之一就在嫉妒的問題上。茫茫九州大地，永遠有一個以嫉妒為法律的無形公堂在天天開庭，公堂由妒火照亮、嫉棍列陣，敗訴的，總是那些高人一頭、先走一步的人物。

嫉妒使感受機制失靈，判斷機制失調，審美機制顛倒，連好端端一個文化人也會因嫉妒而局部地成了聾子、傻子和啞巴。

例如從理智上說，嫉妒者也會知道某位被妒者的美貌，但是自從有一天警覺到對方的美貌對自己的負面意義，就開始搜尋貶低的可能。久而久之，嫉妒者對於對方的美貌已經從不願感受，發展到不能感受，那便是自身心理系統錯亂的開始。

同樣的道理，一位詩人突然對別人的佳句失去了欣賞能力，一位音樂家在同行優美的樂曲中表情木訥，一位導演對著一部轟動世界的影片淡然一笑，一位美術教授在講述兩位成功畫家時把頭搖得像撥浪鼓一樣……如果他們只是端架子、擺權威，內心方寸未亂，毛病還不算太重，如果他們確實已經因嫉妒而顛倒了美醜，封殺了感受，事情就可怕了。那等於是武林高手自廢功夫，至少有半條命已經終結。

一個嫉妒者常常能夠越來越多地發現被嫉妒者的種種問題，即使以前是朋友，現在居然也如大夢初醒，突然「回想」起一個又一個的隱疾和疤痕，這是為什麼？因為這是嫉妒者心中的期望，一旦啟動就進入了虛擬遊戲的康莊大道。

嫉妒本是擾亂價值座標的倒行逆施，但如果到了社會大變革的時代，有一種更強大的座標超過了它，壓倒了它，使它不能像以前那樣可以頤指氣使。就嫉妒論嫉妒，怎麼也理不出一個頭緒來。與其這樣，真不如轉過身去，全力推動社會的變革，讓嫉妒失去座標，慌慌張張找不到自己存身的地位。

下世紀的嫉妒會是什麼樣的呢？無法預計。我只期望，即使作為人類的一種毛病，也該正正經經地擺出一個模樣來。像一位高貴勇士的蹙眉太息，而不是一群爛衣兵丁的深夜混鬥；像兩座雪峰的千年對峙，而不是一束亂藤纏繞樹幹。

它曾是兩匹快馬在沙漠裏的殊死追逐，它曾是兩艘炮艦互相擊中後的一起沉沒，它曾是一位學者在整理另一位學者遺稿時的永久性後悔，它曾是各處一端的科學家冷戰結束後的無言擁抱，它曾是兩位孤獨詩人一輩子的互相探尋，它曾是無數貴族青年決鬥前的默默託付……

是的，嫉妒也可能高貴，高貴的嫉妒比之於卑下的嫉妒，最大的區別在於，是否在嫉妒背後還保留著關愛他人、仰望傑出的基本教養。嫉妒在任何層次上都是不幸的禍根，不應該留戀和讚美，但它確實有過大量並非蠅營狗苟的形態。

既然我們一時無法消滅嫉妒，那就讓它留取比較堂皇的軀殼吧，使它即便在破碎時也能體現一點人類的尊嚴。

任何一種具體的嫉妒總會過去，而尊嚴，一旦丟失就很難找回。我並不贊成通過艱辛的道德克制來掩埋我們身上的種種毛病，而是主張帶著種種真實的毛病，進入一個較高的人生境界。

在較高的人生境界上，彼此都有人類互愛的基石，都有社會進步的期盼，即便再激烈的對峙也有終極性的人格前提，即便再深切的嫉妒也能被最後的良知所化解。因此，說到底，對於像嫉妒這樣的人類通病，也很難混雜了人品等級來討論。

我們寧肯承受君子的嫉妒，而不願面對小人的擁戴。人類多一點奧賽羅的咆哮、林黛玉的眼淚、周公瑾的長歎怕什麼?怕只怕，那個遼闊的而又不知深淺的骯髒泥潭。

說來難於置信，人們對謠言的需要，開始倒是出於求真的心情。

尤其對那些高出於自己視線的物象，這種心情更其強烈。長久地仰視總是以不平等、不熟悉為前提的，這會產生一種潛在的惱怒，需要尋找另一種視角來透視，這種視角即便在一根並不扎實的懸藤之上，也願意一哄而起爬上去看個究竟。

在軍事或金融上故意散佈一些不真實的資訊，很可能是一種智力角逐，但在哄傳民間的一般謠言中，智慧沒有什麼地位。傳謠是一個不可理喻的話語運動，充分呈現著人類群體智慧之低下。大家似乎中了一種魔法，迷迷瞪瞪地傳遞著那些過後連自己也吃驚的大荒唐。

這是人們的心理饑渴對於精神能力的殘酷剝奪，就像一個饑餓的人突然聞到了一種食物的香味，只會不由自主地飛奔過去，不會做什麼營養和毒素的成分分析。

謠言的雪球可以越滾越大，還會越滾越圓、越滾越險。這真是一個可怕的雪球。

越滾越大——這是必然的。謠言形態怪誕，總會有人問為什麼會這樣，於是總需要有新的謠言去回答這些問題；新的回答又帶來了新的問題，那就必須繼續製造謠言。就這樣，一層層，一圈圈，雪球膨脹了，一個謠言牽出了幾倍、幾十倍的謠言，轟轟隆隆地滾過來。這樣的謠言如果出現在報紙、雜誌上，當然更會飛馳九州，氣勢非凡；

越滾越圓——凡謠言總會露出破綻，那就需要七手八腳地來彌補，彌補處又有印痕，於是再小心翼翼地修理，時間一長，一個簡陋的謠言變成了一個無懈可擊的故事，連起承轉合都很有法度，極具閱讀快感；

越滾越險——不管謠言起因如何，一般的傳播者只能用最通俗的方法去遞送，而民間最通俗的方法則是從道德品質上下功夫，結果，多數謠言傳到最後都成了嚴重的人格傷害，以至廣大讀者對被害者產生了道德義憤，終於把他們逼到生死關口。

如果說，這樣的雪球滾動也算是人類的一種遊戲，這種遊戲實在太恐怖了。

傳播，是謠言生命的實現方式。未經傳播的謠言，就像一顆不發芽的種子，一隻沒翅膀的禿鷲，一捆點不著的亂柴，沒有任何意義。嚴格說來，那不叫謠言。

在這個世界上——

眾口喧騰的，可能是虛假；萬人嗤笑的，可能是真實。

長久期盼的，可能是虛假的；猝不及防的，可能是真實。

疊床架屋的，可能是虛假；單薄瘦削的，可能是真實。

造謠，可分為惡意明顯和惡意不明顯兩種。這兩種，哪一種更讓人頭痛？乍一看是前者，實際上是後者。

前者當然可恨，但這種造謠畢竟有直接的因果關係可尋，起點和終點比較明確，冤有頭債有主，要打官司也可找到被告。因此，這是一種可懲處的造謠。

相比之下，後者就麻煩得多了。由於惡意不明顯，起點就模糊；居然產生惡果，因果關係也混亂了。這中間也不排斥誤會的可能，但由誤會而發展成惡性謠言，一定包含著非誤會的因素。當惡果產生以後常能聽到一疊聲的解釋，「誤會，誤會，真是誤會」，這當然是遁詞，結果誰都遁掉了，細查起來確實也沒有一個人該負直接責任。於是我們看到：一群凡人，甚至一群好人，在不經意間釀就了惡。這種惡，人人都有可能參與，人人都有可能被害，既不知如何懲處，更不知如何防範，實在可怖。

一般的謠傳，大多包含著豔羨的成分，甚至某種愛意。愛那個人的權位、名聲或外貌，愛得既隱秘又執著。但是，所愛的一切自己無法擁有，於是也就產生恨。謠傳，就是愛恨之間的徘徊物。

把這種似愛似恨的情緒擴而大之，我們可以看到，謠傳其實是人們關心社會、關心他人的一種變態方式。

一個半真半假的謊言遠比一個徹頭徹尾的謊言厲害，它不僅容易招來信賴，而且很難遭到辯駁。受到謠言傷害的人最激烈的詞句莫過於「這是徹頭徹尾的謊言」，其實這樣反而把那個謠言的等級降低了，也反映了受害者最害怕謠言的半真半假狀態。如果真是徹頭徹尾，那個謠言的力量是有限的。

很多謠言被揭穿之後，人們總會納悶當初受害者為何不站出來澄清，除了不正常的政治壓力之外，有很大一部分是由於真假參半，澄清起來頗費口舌，反而會遭致人們的疑惑。中國人習慣於單向思維，要麼純白，要麼純黑，要麼徹底受誣，要麼活該受罪，你若要細細剖白加在你頭上的謠言中七假三真，聽的人早已沒有那般耐心、那般同情。既然如此，不如啞巴吃黃連。

謠言中最毒的配方，莫過於絕大部分真實中只有一個小處虛假，而這個小處卻關及人品人格。另一種配方正恰相反，一個相當純粹的謊言中居然也有一點拐彎抹角的真實。

世上的謊言，究竟有多少能破？

據我的生活經驗，至多只有三成。在這三成中，又有二成是以新的謊言「破」了舊的謊言。

因此，真正恢復真相的，只有一成。

有此一成，還需要種種條件。例如，正巧製造了這個謊言的人智商太低，正巧不利於謊言的人證、物證不小心暴露出來了，正巧遇到了一個善於分析又仗義執言的人，正巧趕上了某個「平反」時機……

「謊言不攻自破」的天真說法，雖然安慰了無數受屈的人，卻更多地幫助了大量造謠的人。因為按照這個說法，沒有「自破」的就不是謊言，造謠者反而成了揭穿真相的人。

謊言的最強大之處，不在它的內容，而在它所包含的「免碎結構」：被它攻擊的那個人雖然最知真相、最想闢謠，卻失去了闢謠的身份。

因此，以謊言的劍戟傷人，完全可以不在乎直接抵抗，而四周的援軍又總在遲疑。

謊言即便把自己的能量降到最低，也總有一半人將信將疑。

謊言遇不到強有力的闢謠，也就自動「轉正」，就像政府機構裏有些文書未被駁回就算自動生效。在我們的歷史認知上，這種被「轉正」而自動生效的謊言，占了多大的比例？

謊言、謠言就像一批神出鬼沒的偷襲匪賊，而受到它們襲擊的君子卻像一座不設防的城池。它們在哪裡動手，完全不得而知，因此也難於防守。一個個君子對謊言的襲擊都狼狽不堪，就是這個道理。

「他在讀中學時就在勾搭班裏最漂亮的女生了！」這麼一句無傷大雅的謠言你能辯駁麼？很難。因為你必須回到幾十年前，而幾十年前的一切記憶都已模糊，無法當作辯駁的證據；你還必須回想中學時班級裏最漂亮的女生是誰，而小孩子對於漂亮的判斷又與成人大不一樣；即便想起誰了，你還要拿捏「勾搭」這兩個字的含義……

連最小的謠言都無法申辯，更遑論更大的真偽。

在破除謠言的事情上，人們總是對「證據」和「證人」保持著過高的信心。

其實誰都知道，絕大多數謠言遇不到不利的證據。有時出現了片斷證據，拿來判斷真偽，結果總是適得其反。

至於證人，更不可信。他們一般不可能在多少年前真正關注過謠言中所傳播的內容；萬一關注了，也極有可能發生觀察和判斷的錯誤；即便沒有發生錯誤，也未必有站出來闢謠的勇氣……

因此，造謠者總是視這些「證據」、「證人」為無物，所向披靡。

在「文革」災難中，我父親被幾句謠言蒙冤十餘年，全家受盡侮辱，卻無以聲辯。父親所寫的申訴書多達幾十萬言，盡成一堆廢紙。最後「平反」，也不是因為闢了謠，而是下達了全部平反的政策。

像父親這樣的冤案，「文革」中少說也有幾百萬起。每一起冤案都成立了專案組，都進行了長期調查，都收集了大量「證據」、「證人」。整整十年，從未聽說有一樁冤案中的一個謊言被揭穿！

闢謠之難，可想而知。

對付謠言，有上、中、下三策。
下策：以自己的憤怒，與謠言辯論；
中策：以自己的忍耐，等謠言褪色；
上策：以自己的貢獻，使謠言失重。

在光天化日下行走，人們總也甩不脫影子，而影子又總是斜的。那就不要與影子計較了，還是昂首行路罷，帶著一輩子長長短短的斜影。

在謠言的問題上，最有害的一句格言是：群眾的眼睛是雪亮的。

如果群眾的眼睛是雪亮的，要法庭作甚？要智者作甚？要勘察作甚？要化驗作甚？要比對作甚？

事實證明，連法律的眼睛、理性的眼睛、學術的眼睛都未必雪亮，更何況一般群眾？群眾的眼睛也就是從眾的眼睛，也就是在尋常情況下作最平庸判斷的眼睛，也就是遠遠一望和粗粗一想的眼睛，而且，又總是情緒化的眼睛、受傳染的眼睛、無控制力的眼睛——歷史上從未雪亮。

在謠言問題上，另一句有害的格言是：真理越辯越明。

我們見到的，是辯論某方用聰明的辯才把對方「噎」住。但無數事實證明，被「噎」住的那一方極有可能是對的。

我們見到的，是辯論某方調動了煽情手法把聽眾拉到自己一邊，然後以掌聲、噓聲、口號聲把對方淹沒。但是，被淹沒的一方果真是錯的嗎？

我們見到更多的，是辯論某方以流行的權力規範作為公理，把對方套住，製造出一種辯論的結論。但是，這種結論是真理嗎？

真實的本性是靜默的。

辯論的熱鬧處，很難會有真實。

我們如果遇到謠言的攻擊，總想通過辯論來闢謠。其實，辯論就是另一番傳謠。在我看來，闢謠的最好方式，是造謠者的終於沉默，民眾的終於遺忘。

對此我有一個切身體會。前兩年有一個人突然聲稱發現了我書中的不少「文史差錯」和剽竊嫌疑，全國處處轉載，連臺灣、香港也被波及。後來，復旦大學文史整理研究所所長章培恒教授細加駁斥，證明那是一個在文史知識上尚未入門的人。其他很多教授，也紛紛撰長文來揭示真相。然而奇怪的是，一切發表了那人文章的報紙，沒有一家出面更正和道歉，完全失語。

朋友們對此非常氣憤，我卻說，他們失語，是因為他們害羞了，就像那含羞草，低下了頭，閉住了嘴。

害羞無語，就是闢謠。對造謠者，要求不能太高。

惡者播弄謠言，愚者享受謠言，勇者擊退謠言，智者阻止謠言，仁者消解謠言。

衰世受困於謠言，亂世離不開謠言，盛世不在乎謠言。

——那麼，說了千言萬語，我們能做的事情也許只有一件：齊心協力，把那些無法消滅的謠言，安置到全社會都不在乎的角落。

因為，我們至少應該爭取成為智者，而且曾經從衰世走出。

人世間擁塞著無數誤會和假象，有時還會達到匪夷所思的地步。誰也不敢說，此時此刻自己已經解除了一切誤會和假象的束縛。

前些天去日內瓦的聯合國歐洲總部，我們幾個站在二樓走廊的窗口找勃朗峰。一位上年紀的官員從身後走過，見我們指指點點，便和藹地停下步來，指著遠處三岔口上一座銀白的山峰說：「這就是勃朗峰，多美，我一見到它就愉快。」

我們向他道謝，然後輪個兒拍照。

正在熱鬧，過來一個黑衣女人，冷冷地說：「也許你們搞錯了，這不是勃朗峰，勃朗峰緊貼在它後面，現在被雲遮住了。」說完就飄然而去。

我們將信將疑，但幾分鐘之後就知道黑衣女人是對的，因為雲散了。不必懷疑，天下奇景自有另一番氣韻，原先那座銀白山峰只是它的貼身丫鬟。

那麼，怎麼解釋那位上年紀的官員呢？他居然誤會了幾十年，而且讚歎了幾十年。這還不太奇怪，因為幾乎所有的人都生活在大量誤會中。奇怪的是，他一定看到過雲散之後真正的勃朗峰，為什麼熟視無睹？

我的回答是：先入為主的成見，使他把真正的主人，看成了站在背後的奴僕。

而且，遮掩真正高峰的雲霧，也實在太多。

第九章 朝拜文明

朝拜文明

文明可能成為某種點綴，但它有最終指向。正是這種最終指向，維護了人類。

美國人類學家摩爾根指出，蒙昧—野蠻—文明這三個段落，是人類文化和社會發展的普遍階梯。文明是對蒙昧和野蠻的擺脫，但擺脫的道路迂回曲折。直到今天，我們還躲不開與蒙昧和野蠻的周旋，因此文明永遠顯得如此珍貴。

蒙昧和野蠻並不是一回事，蒙昧往往有樸實的外表，野蠻常常有勇敢的假象。從歷史眼光來看，野蠻是人們逃開蒙昧的必由階段，相對於蒙昧是一種進步。但是，野蠻又絕不願意就範於文明，它會回過身去與蒙昧結盟，一起來對抗文明。

結果，一切文明都會遇到兩種對手的圍攻：外表樸實的對手和外表勇敢的對手，而且兩者都無可理喻。

更麻煩的是，這些對手很可能與已有的文明成果混成一體，甚至還會悄悄地潛入人們的心底，使我們在尋找它們的時候，常常尋找到自己的父輩，自己的故鄉，自己的歷史。

文明有可能承載過野蠻，有可能掩藏於蒙昧。文明易碎，文明的碎片有可能被修補，有可能無法修補。然而，即便是無法修補的碎片，也會保存著某種光彩，永久地讓人想像。能這樣，也就夠了。

世上有很多事情是中立不得的。人類在結束各種無聊對抗之後必將重新面對最本質的矛盾，即文明與野蠻、善良與邪惡、和平與恐怖、正常與極端的矛盾。在這些矛盾前面，容不得生存計謀，來不得暗通關節，不存在中立空間。

文明可能成為某種點綴，但它有最終指向。正是這種最終指向，維護了人類。

我們看到的每一個文明發祥地，在地理位置上幾乎都被荒昧之地覬覦和包圍。文明的重大發端都是奇蹟，而奇蹟總是孤獨。它突然地高於周邊生態，這是它的強大，也是它的脆弱。文明以自己的繁榮使野蠻勢力眼紅，又以自己的高雅使野蠻勢力自卑，因此野蠻遲早會向文明動手，而一旦動手，文明很容易失敗。

這是一座十字軍的城堡，修築於建城之後的一千餘年，目的是戰爭。上方是城垛、箭孔，下方是飲戰馬的水槽，以及為防戰馬失蹄而鑿下深深紋路的石板。這一切的材料，大多取自剛剛拆毀的羅馬式建築。層層泥石裹脅著大理石柱的斷片，因此也留下了一個證據：野蠻裹脅過文明。

在大沙漠中偶爾會出現一個奇蹟：在寸草不生的沙礫中突然生出一棵樹，亭亭如蓋，碧綠無瑕，連一片葉子也沒有枯黃。這是怎麼回事，難道大地母親單獨為它埋設了一條細長的營養管道？如果有，它還必須面對日夜的蒸發和剝奪，抗擊駭人的孤獨和無助。由此聯想，人類的一些文明發祥地也許正像這些樹，在千百萬個不可能中掙扎出了一個小可能。從樹葉叢中看，似乎很成氣候；從整體環境看，始終岌岌可危。有人為它們的終於枯萎疑惑不解，其實，真正值得疑惑的是它們何以能夠持續，而枯萎則屬於正常。

站在金字塔前，我對埃及文化的最大感慨是：我只知道它如何衰落，卻不知道它如何構

建；我只知道它如何離開，卻不知道它如何到來。就像一個不知從何而來的巨人，默默無聲地表演了幾個精彩的大動作之後轟然倒地，摸他的口袋，連姓名、籍貫、遺囑都沒有留下，多麼叫人敬畏。

什麼是永久？

永久是簡單，永久是糙糲，永久是憨直，永久是對過度荒涼和過度營養的擺脫，永久是對千年風沙的接受和滑落。

埃及文明難於解讀，但對金字塔本身而言，它比那些容易解讀的文明顯得永久。通俗是他人侵淩的通道，邏輯是後人踩踏的階梯，而它乾脆來一個漠然無聲，也就築起了一道障壁。因此還可以補充兩句——

永久是對意圖的掩埋，是把複雜的邏輯化作了樸拙。

偉大見勝於空間，是氣勢；偉大見勝於時間，是韻味。

一切偉大從外面看是一種無可抗拒的力量，從裏面看則是一種無比智慧的秩序。秩序對於周邊的無序有一種強大的吸附能力和整合能力，但是無序對於秩序也有一種不小的消解能力和顛覆能力，誰勝誰負，主要是看秩序能包含什麼樣的精神濃度。

與埃及、兩河、印度等古文明相比，希臘的好處是在被奴役後較長時間地保持了痛苦。不像有些文明，被奴役後太早結束了痛苦期，即使有機會復元也不知復回何處，復回何型。

這說到底還應歸功於希臘文明本身。希臘悲劇訓練了人們崇高的痛苦意識，而早熟的理性精神又使這些痛苦單純明晰。相比之下，其他文明即使有痛苦也往往比較零碎具體，缺少力度。

希臘文明留下一個錯覺，以為人類一定會按照某種邏輯進化發展，埃及文明不提供這種邏輯，堂而皇之忙一陣，然後悄然隱退。除了別的原因，也許還由於領悟了人類的渺小，因此就以在墳墓裏復活的夢幻，阻斷了積極的後續。

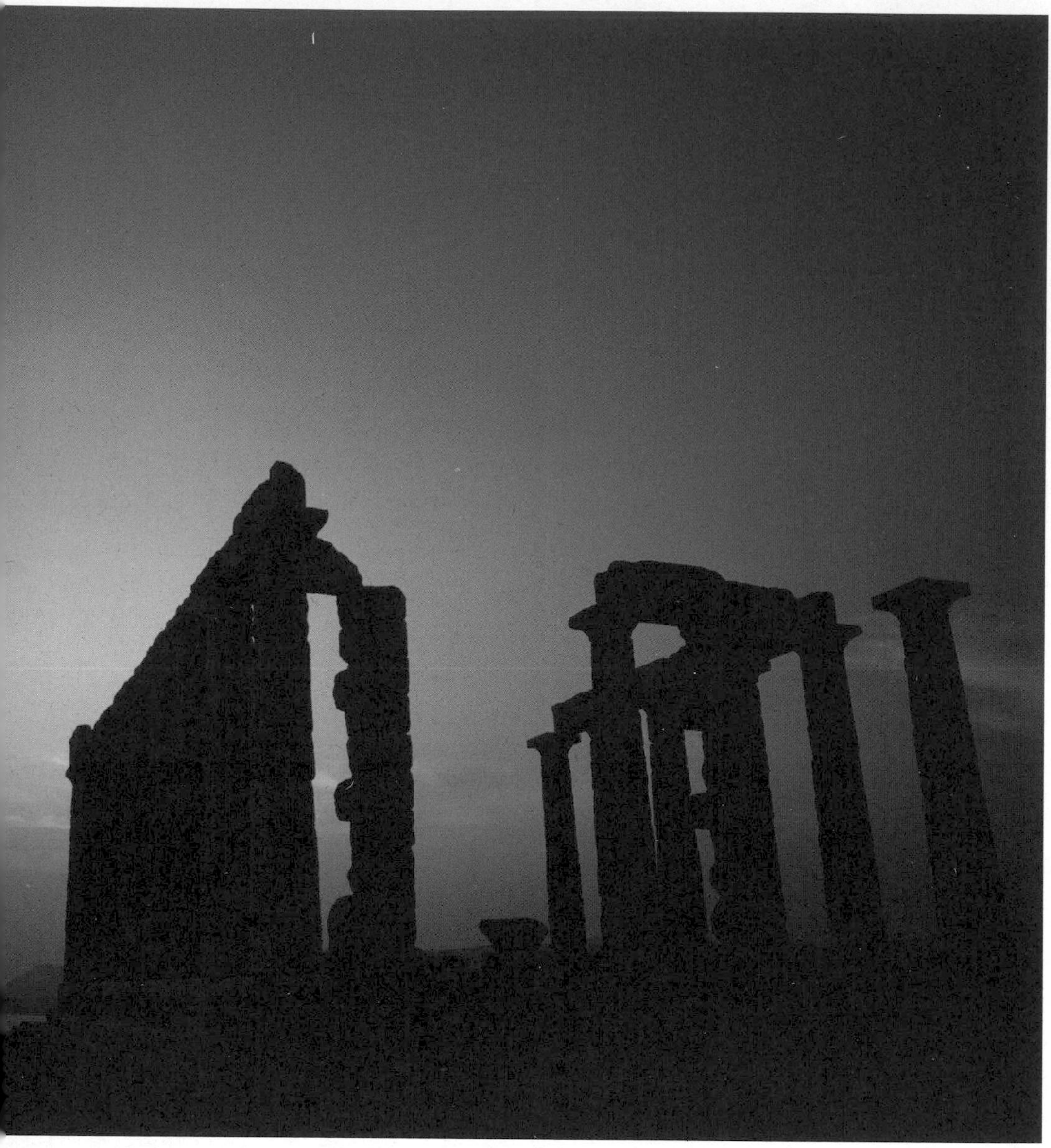

任何古代文明都有宏偉的框架，而它們的最高層面又都以史詩的方式留存。

邁錫尼文明究竟在哪些方面哺育了希臘文明，這是一個還在討論的學術問題。我想，除了聯合戰爭帶來的生態方式和工藝水平的集聚外，不應忘了荷馬史詩。荷馬從邁錫尼的血腥山頭上採擷了千古歌吟，然後與其他歌吟一起，為希臘文明做了精神上和文學上的鋪墊。不要以為在堅硬的青銅頑石前，這些歌吟不值一提，其實，只有把邁錫尼進行審美軟化和精神軟化，才有可能出現希臘文明。

世上的古城堡大多屬於戰爭，但其中有百分之一能進入歷史，有千分之一能成為景觀，有萬分之一能激發詩情。相比之下，詩情最高貴也最難得，因此邁錫尼的最佳歸屬，應該是荷馬，然後經由荷馬，歸屬於希臘文明。

我想，大文明是需要大空間來承載的。空間小了，原來的大文明也會由大變小，如果不變小，就會被撞碎，或者被放逐。希臘文明很大，但空間太小，後來只能流逸在外，由阿拉伯學者和義大利神職人員保存、尋找、連輯，最後在佛羅倫薩復興，復興在一個大空間之中。

在荒蠻的歷史上，文明越高往往也就越孤獨。

渤海國中主張接受盛唐文明的先進分子就是這樣的孤獨人物。他們很可能被說成是數典忘祖的「親唐派」，而唐朝卻又不會把他們看作自己人。在這一點上，唐玄宗時期渤海國的大門藝就是一個典型的例子。他的哥哥一度是渤海國的統治者，一直想與唐朝作對，他爭執幾次無效，就逃到唐朝來了。哥哥便與唐朝廷交涉，說我弟弟大門藝對抗軍令躲到了你們這兒，你們應該幫我把他殺了。唐玄宗派幾名外交官到渤海國，對那位哥哥說，大門藝走投無路來找我，我殺掉他說不過去，但你的意思我們也該尊重，因此已把他流放到煙瘴之地嶺南。本來事情也就過去了，不想那幾個外交官在渤海國住的時間長了說漏了嘴，透露出大門藝並未被流放。於是那位哥哥火了，寫信給唐玄宗表示抗議，唐玄宗只得把幾個外交官處分了。司馬光在《資治通鑑》中對此事曾作過有趣的批評，大意是說：唐朝對於自己的隸屬國應該靠威信來使它們心悅誠服。渤海國那位弟弟為了阻止一場反唐戰爭來投靠你，你應該有膽量宣告他是對的，沒有罪，而哥哥則是錯的，即便不去討伐，也要是非分明。不想唐玄宗既沒有能力制服那位哥哥，又不能堂堂正正地保護那位弟弟，竟然像市井小人一樣耍弄騙人伎倆，結果被人反問得抬不起頭來，只好對自己的外交官不客氣，實在是丟人現眼。（參見《資治通鑑》卷二一三）司馬光說得很好，但這位歷史學家應該知道，一切政治家都是現實主義者，至少他們中的大多數都不會為一種遠離自己的文明而付出太大的代價。那位叫做大門藝的弟弟只能在長安城裏躲躲藏藏，他為故鄉都城的文明而奮鬥，但故鄉的都城卻容不了他。

後來，渤海國由於自身的改朝換代進一步走向了文明，但這樣一來，渤海國本身也就成了那位弟弟，因文明的高度而走向孤單，走向脆弱，走向無援。

泱泱大國給了我一種從容的心態，茫茫空間給了我一副放鬆的神經。中華民族災難不少，但比之於猶太人，以千年目光一看，畢竟安逸得多了。我們沒有耶路撒冷式的哭牆，我們不哭。

尋常形態的人情物理，自然形態的人道民生，本是一切文明的基礎部位，但在中國，過於複雜的歷史，過於發達的智謀，過於鋪張的情緒，過於講究的禮儀，使尋常和自然反而變得稀有。

失落了尋常形態和自然形態，人們就長久地沉浸於種種反常形態。怎麼成為聖賢？如何做得英豪？大忠大奸怎樣劃分？豐功偉績如何創建？什麼叫氣貫長虹？什麼叫名垂青史？什麼叫中流砥柱？什麼叫平反昭雪？……這些堂皇而激烈的命題，竟然普及於社會、滲透於歷史，而事實上這些命題出現的概率究竟有多大，而且又有多少真實性呢。與之相反，有關一個普通人的生存狀態，有關日常生活中的種種行為，有關世俗風習、人間情懷，雖然天天遇到卻一直被主流文化冷落著。於是，偌大一塊國土，反常形態嚴重飽和，尋常形態極其稀薄。

事實上並沒有幾個人做得了聖賢和英豪，那就只能憑藉爭鬥來決定勝負。爭鬥一旦開始，非此即彼，你死我活，更不會有尋常形態的存身之地了。結果，九州大地時時成為一塊廣闊無比的「鐵板燒」，負載著一個個火燙的話題嗤嗤地冒著熱氣，失去了可觸可摸的正常溫度。

中華文明具有其他古老文明所不具備的一些綜合性生命力，主要表現為——
在傳導技術上建立了一個既統一又普及的文字系統；
在傳導狀態上建立了一個對社會、對歷史的開放式對話系統；
在生息空間上沒有失去過一個遼闊而穩固的承載地域；
在精神空間上以中庸之道避免了宗教極端主義的嚴重灼傷；
在外部關係上因農耕生態而沒有過度熱衷於軍事遠征；
在內部關係上沒有讓社會長期陷於整體性無序狀態；
在固守精神主軸方面借助於科舉制度使儒家文化成了一種廣泛的生命化遺傳；
在汲取外部資源方面採取了一種粗糙而又鬆軟的彈性態勢使各種文明成分大致相安無事。

細看那些石門石柱，早已蒼老得不願嘮叨，只表明人力之所及、文明之所至，都已被時間的巨手慰撫得毫無火氣。站在這裏我想，文明與文明之間的自相殘殺，如能預想到共同消竭的一天，也許能變得互相客氣一點？就像兩個爭鬥了一輩子的對手都已老邁，步履艱難地在斜陽草樹間邂逅，應該有一些後悔？如果讓他們從頭來過，再活一輩子，情景將會如何？世紀之交，就像讓各個文明重新轉世，理應都變得比前世更清醒一點。

人們對文明史的認識，大多停留在循規蹈矩的文字記載上。這也難怪，因為人們認知各種複雜現象時總會有一種簡單化、明確化的欲望，尤其在課本上更是這樣。所以，取消弱勢文明、異態文明、隱蔽文明，幾乎成了一種普遍現象。

人生太短促，要充分理解一種文明已經時間不夠，更何況多種文明。於是大家都變得匆忙，而匆忙中又最容易受欺，信了一些幾經誤傳的資訊作為判斷的基點，既誤導了自己又傷害了文明。因此，應該抓緊時間多走一些路，用步履的辛勞走出受欺的陷阱。法顯、玄奘在前，是一種永遠的燭照。

我們，萬里歷險，其實也就是在追慕他們罷了。

本來，人類是為了擺脫粗礪的自然而走向文明的，但是漸漸發現，事情發生了倒轉，擁擠的鬧市可能更加荒昧，密集的人群可能更加野蠻。現代派藝術寫盡了這種倒轉，人們終於承認，寧肯接受荒昧和野蠻的自然，也要逃避荒昧化、野蠻化的所謂文明世界。如果願意給文明以新的定位，那麼它已經靠向自然一邊。

第十章 體驗文化

體驗文化

文化如琥珀，既晶瑩可鑒又不能全然透明。一座城市的文化，也與這座城市的不可透析性有關。

人類的一切危機都迫在眉睫。文化本來應該是一種提醒的力量，卻又常常適得其反，變成了顛倒輕重緩急的迷魂陣。

我在考察人類古文明遺跡的漫漫長途上凡是遇到特別觸目驚心的廢墟總是想，毀滅之前這裏是否出現過思考的面影、呼喚的聲音？但是大量的歷史資料告訴我，沒有，總是沒有。在一代雄主、百年偉業的庇蔭下，文化常常成了鋪張的點綴、無聊的品咂、尖酸的互窺，有時直到兵臨城下還在咬文嚼字。結果，總是野蠻的力量戰勝腐酸，文化也就冤枉地跟著凋零。

因此，文化最容易瑣碎又最不應該瑣碎，最喜歡講究又最應該警惕講究。文化道義和文化良知，永遠是文化的靈魂所在，否則，嚶嚶嗡嗡的所謂文化，是自我埋葬的預兆。

山西商人在取得輝煌成功後快速走向衰落，原因很多，其中最重要的原因，是沒有找到自身行為的文化基礎。

他們人數再多，在整個中國還是一個稀罕的群落。他們敢作敢為，卻也經常撞到自信的斷崖。他們奮鬥了那麼多年，卻從來沒有遇到過一個能夠代表他們說話的思想家。他們的行為缺少高層理性力量的支撐，他們的成就沒有被賦予雄辯的歷史理由。嚴密的哲學思維、精微的學術頭腦似乎一直在躲避著他們。他們已經有力地改變了中國社會，但社會改革家們卻一心注目於政治，把他們冷落在一邊。說到底，他們只能靠錢財發言，但錢財的發言又是那樣缺少道義力量。沒有外在的精神支援，他們也就無法建立內在的精神王國，即便在商務上再成功也難以抵達人生的大安詳。

是時代，是歷史，是環境，使這些商業上的成功者沒能成為歷史意志的覺悟者。一群缺少皈依的強人，一撥精神貧乏的富豪，一批無法真正掌握自己的掌櫃。他們的出發地和終結點都在農村，當他們成功發跡而執掌門戶時，傳統家長制的權威是他們可追摹的惟一範本。於是他們的商業人格不能不自相矛盾，逐步走到自身優勢的反面。在我看來，這一切，正是山西商人在風光百年後終於困頓、迷亂、內耗、敗落的內在原因。

但是，在這個問題上，文化沒有資格嘲笑他們。他們的失敗，其實也是文化的失敗。中國文化人天天都在唱著「天下興亡，匹夫有責」的高調，卻對於有可能使「天下」走向富裕的創業者們不屑一顧，不給他們以絲毫的文化支援。當然，這就要求他們以社會現實來改變文化、改變自身了。可惜的是，似乎誰也沒有這麼做。

文化以溝通為勝業，文化以傳播為命脈。世上那麼多障礙，人間那麼多隔閡，就靠文化來

排解。

反對傳播，是目前中國大學中很多文化人的觀念。對此，我們不要再為傳播辯護，只須討論反對傳播的文化是一種什麼文化。

這是一種自私的文化，因為那些文化人只想把人類的共同創造物自吟自享。

這是一種可疑的文化，因為在不見天日的黑箱裏，任何文化的程度、成分和效能都得不到檢驗，很可能是以自閉來遮醜。

這是一種虛假的文化，因為反對傳播者一定在關注著傳播，明明關注卻裝作拒絕，嫉妒之心讓人齒酸。

其實，反對傳播的種種高談闊論，本身就是一種傳播。把這種言論發表在多種媒體上傳播天下，還說反對傳播，真逗。

某一種文化如果長時間地被一個民族所沉溺，那麼這種文化一定是觸及到了這個民族的深層心理。文化的最終成果是人格。集體文化的最終成果是集體人格。

文化未必取決於經濟，精神未必受控於環境，大鵬未必來自於高山，明月未必伴隨著繁星。

文化知識不等於文化素質，文化技能更不等於文化人格。離開了關愛人類的人格基座，文化人便是無可無不可的一群，哪怕他們渾身書卷氣，滿頭博士銜。

在歷史上，文化常常成為一種極難獲得的奢望。

嘉慶年間，寧波知府丘鐵卿的內侄女錢繡芸是一個酷愛詩書的姑娘，一心想要登天一閣讀點書，竟要知府作媒嫁給了范家。今天的批評家也許會責問錢姑娘你究竟是嫁給書還是嫁給人，但在我看來，她在婚姻很不自由的時代既不看重錢也不看重勢，只想借著婚配來多看一點書，總還是非常令人感動的。但她萬萬沒有想到，當自己成了范家媳婦之後還是不能登樓，一種說法是族規禁止婦女登樓，另一種說法是她所嫁的那一房范家後裔在當時已屬於旁支。反正錢繡芸沒有看到「天一閣」的任何一本書，鬱鬱而終。

今天，當我抬起頭來仰望「天一閣」這棟樓的時候，首先想到的是錢繡芸那憂鬱的目光。我幾乎覺得這裏可出一個文學作品了，不是寫一般的婚姻悲劇，而是寫在那很少有人文主義氣息的中國傳統社會裏，一個姑娘的生命如何強韌而又脆弱地與自己的文化渴求斡旋。

文化，在它的至高層次上絕不是江水洋洋，終年不息，而是石破天驚，又猛然收煞。最美的樂章不會拖泥帶水，隨著那神秘指揮的一個斷然手勢，鍵停弦靜，萬籟俱寂。只有到了這時，人們才不再喧嘩，開始回憶，開始追悔，開始紀念，開始期待。

人類，總是要過很多年之後，才會感受到一種文化上的山崩地裂，但那已經是餘震。真正的坍塌發生時，街市尋常，行人匆匆，風輕雲淡，春意闌珊。

文化無界，流蕩天下，因此一座城市的文化濃度，主要取決於它的文化吸引力，而不是文化生產力。

一座城市文化吸引力的產生，未必大師雲集，學派叢生。如果一時不具備這種條件，萬不可拔苗助長，只須認真打理環境。適合文化人居住，又適合文化流通的環境，其實也就是不發生文化傷害的環境。

在真正的大文化落腳之前，虛張聲勢地誇耀自己城市已有的文化主題，反而會對原來準備進入的文化力量產生排斥。因此，市長們在向他們介紹本市文化優勢的時候，其實正是在推拒他們。這並非文人相輕，同行相斥，而是任何成氣候的文化力量都有自身獨立性，不願淪為已有主題的附庸。

就一座城市而言，最好的文化建設是機制，是氣氛，是吐納關係，是超越空間的策劃能力和投資能力，而不是作品。

文化如遠年琥珀，既晶瑩可鑒又不能全然透明。一定的沉色、積陰，即一定的渾濁度，反而是它的品性所在。極而言之，徹底透明，便無色彩和圖紋存在，而沒有色彩圖紋，便沒有文化的起點。因此，一座城市的文化，也與這座城市的不可透析性有關。

當代不少中國文化人喜歡花費很大的力氣去探測別人的事情，還以為這就是文化的追蹤性、監視性和批判性。當然那也是一種文化，只不過屬於另一個層面，屬於坐在村口草垛上咬著耳朵傳遞鄰居動靜的老婦人，屬於站在陽台上裝出高雅之態卻以眼角頻掃對街窗戶的小市民。

當代有些中國文化人終其一生都在做搗碎文化的事。他們把天然之作搗碎成字字句句，把百年文氣搗碎成稜稜角角，把一代巨匠搗碎成血肉模糊。

他們等級很低，被很多人鄙視，但再鄙視也無法阻止他們把文化園地踐踏得不成樣子。巴金說，他們人數不多，能量很大，晝伏夜出，惡行累累。

文化在本質上是一個大題目。人們在兵荒馬亂中企盼文化，在世俗實務中呼喚文化，在社會轉型中寄意文化，都是因為它能給人們帶來一種整體性的價值定位和精神路向。它會有許多細部，但任何細部都沒有權利通過自我張揚來取代文化的整體力量。

一個民族，如果它的文化敏感帶集中在思考層面和創造層面上，那它的復興已有希望；反之，如果它的文化敏感帶集中在匠藝層面和記憶層面上，那它的衰勢已無可避免。

世紀之交，大家都在期待文化的聲音，但聽了幾年，文化都在為不知所云的糾紛而爭吵。終於不耐煩，吵去吧，大家起身走了。沒有文化的大家，留下了沒有大家的文化。

一種文化現象是否重要，首先要看它在時間和空間中的被接受狀態。遺憾的是，我們的很多文化學者在這一點上總是裝聾作啞。他們所謂的「學術研究」，大多是在幾本古書中鑽來鑽去，完全不考察其中任何一個句子與窗外大地的真實關係。即使是他們研究了很久的那些詩文，很可能只是出現在某個私人刻本上，不僅當時未曾流傳，事後也很少有人知道。這種情況以戲劇為最，我們戲劇史家費了很大力氣分析的那個劇本，很可能根本沒有上演過，更沒有幾個人閱讀過。這就是說，作為戲劇，它還沒有「發生」過。對於並沒有真正發生過的事情，我

們擺開架勢長期研究，是不是太矯情了？

文化的最重要部位，只能通過一代代的人格秘藏遺傳下來，並不能通過文字完全傳達。中國經過太長兵荒馬亂的年月，尤其是經過「文革」災難，這種人格秘藏已經餘留無多，因此必須細細尋訪、輕輕撿拾，然後用自己的人格結構去靜靜磨合。

中國的一次次進步和轉型，都容易流於急功近利，還誤以為暫時犧牲文化是必要的代價，不知道此時此刻的成功關鍵，恰恰在於必須開創一種新文化。

中華文化曾經有過至正至大的氣魄，那時的文化人生存基座不大，卻在努力地開拓空間：開拓未知空間，開拓創造空間，開拓接受空間，為此不惜一次次挑戰極限。今天的文化人不管有多少條聳人聽聞的「學術理由」，如果只是一味求小、求僵、求玄、求偏，遲早會讓大家丟人現眼。

康德說，歐洲啟蒙運動的巨大功效，是有勇氣在一切公共事務中運用理性。

可惜，中國很多文化人的思維和活動，總是停留在一些又大又空的概念上，很少與公共事務連接起來。他們把公共事務和日常生活貶低為「世俗」和「窗外事」，不屑理會。結果，他們成了一群缺少公共意識、失去生活理念的人物，而且很難挽救。

文化比政治、軍事更深刻。

黃宗羲是著名的反清人物，康熙禮儀有加，多次請黃宗羲出山，未能如願，便命令當地巡撫到黃宗羲家裡，把黃宗羲寫的書認真抄來，送入宮內以供自己拜讀。這一來，黃宗羲也不能不有所感動，他終於讓自己的兒子黃百家進入皇家修史局，幫助完成康熙交下的修《明史》的任務。你看，即便是原先與清廷不共戴天的文化大師，也覺得兒子一輩可以在康熙手下好生過日子了。這不是變節，也不是妥協，而是一種文化生態意義上的開始認同。既然康熙對漢文化認同得那麼誠懇，漢族文人為什麼就完全不能與他認同呢？政治軍事，不過是文化的外表罷了。

張岱的勞作，讓我們看到了一種有趣的「夜航船文化」。這又是中國文化的一個可感歎之處。

在緩慢的航行進程中，細細品嘗著已逝的陳跡，久久討論著荒唐的謠傳，哪怕是一些最重複的話題，哪怕是一些最瑣碎的殘屑。不惜為千百年前的片言隻語爭得臉紅耳赤，反正有的是時間。中國文化的進程，正像這艘夜航船。

船頭的浪，沒不進來；船外的風，吹不進來；航行的路程，早已預定。談知識，無關當下；談歷史，拒絕反思。把船櫓託付給一字不識的老大，士子的天地只在船艙。一番譏刺，一番炫耀，一番假惺惺的欽佩，一番自命不凡的陶醉，到頭來，爭得稍大一點的一個鋪位，倒頭便睡，換得個夢中微笑。

第二天，依然是這般喧鬧，依然是這般無聊。船一程程行去，歲月一片片消逝，永遠是喧鬧的無聊，無聊的喧鬧。

中國文化中極其奪目的一個部位可稱之為「貶官文化」。隨之而來，許多文化遺跡也就是貶官行為。貶官失了寵，摔了跤，孤零零的，悲劇意識也就爬上了心頭。貶到了外頭，這裏走走，那裏看看，只好與山水親熱。這一來，文章有了，詩詞也有了，而且往往寫得不壞。過了一個時候，或過了一個朝代，事過境遷，連朝廷也覺得此人不錯，恢復名譽。於是，人品和文品雙全，傳之史冊，誦之後人。他們親熱過的山水亭閣，也變成了遺跡。地因人傳，人因地傳，兩相幫襯，俱著聲名。

我們記得，在康熙手下，漢族高層知識份子經過劇烈的心理掙扎已開始與朝廷產生某種文化認同，沒有想到的是，當康熙的政治事業和軍事事業已經破敗之後，文化認同竟還未消散。多少年後，宏才博學的王國維先生要以生命來祭奠它。他沒有從心理掙扎中找到希望，死得可惜又死得必然。文化變成了他們的生命，他們只能拿出生命來與某種文化一起沉浮了。明末以後是這樣，清末以後也是這樣。王國維先生祭奠的是整個中國傳統文化。清代只是他的落腳點。

王國維先生到頤和園，這也還是第一次，是從一個同事處借了五元錢才去的。頤和園門票六角，死後口袋中尚餘四元四角。他去不了承德，也推不開避暑山莊緊閉的大門。

我輕輕地歎息一聲，一個風雲數百年的朝代，總是以一群強者英武的雄姿開頭，而打下最後一個句點的，卻常常是一些文質彬彬的淒怨靈魂。

任何時期的文化都會留存它永恒的一面，但這個部分不會很大，我們千萬不能對自己已做的一切給予過高的期許，以為可以進入永恒的層面。很多勞作，連「過眼煙雲」也說不上，因為煙雲總有不少人看見，而有些勞作除了作者自己，根本沒有其他人「過眼」。

我們的文化討論常常以既存的文化範型和學者範型做座標，說了千百個應該不應該。其實許多公認的應該，也由於時代的高速發展而變成陳跡或毒瘤，由應該而淪為不應該。

那些爭執，風聲雨聲，你來我往，都在做昨天的文章。真不如省下一點精力放在學習上，認真準備一點明天的功課。

對中國文化傳統的優劣品評，沒有絕對意義。作為一種歷史遺跡來看待，當然自有歷史功過可以評說，但幾乎每一點，都功過相咬，緊緊纏繞。作為一種永不完成的流變，又時時轉化、互生互補。中國文化的柔性精神、中和之美、和諧追求、寫意風致，比之於西方文化，處處都有令我們驕傲的理由，但也處處都有使我們羞愧的根據。如果因驕傲而固步自封，連美色也會很快成為疵點；如果因羞愧而彌補校正，連舊瓶也能裝得佳釀。

長期以來，我們對於各種文化傳統有一種「結殼式」的研究癖好，急急地用僵死的理論、狹隘的興趣、武斷的態度為傳統澆鑄硬殼。於是，這就是傳統，那就是傳統，傳統成了歷史大道旁一個個肅穆的墳塋。人們看到，正是不斷指點著傳統、呼喊著傳統的人，葬送了傳統。

這種「結殼式」的研究癖好，使人類文明史上每一個值得珍視的傳統，都變得面目可憎，使我們許多創造者不得不一次次地啄破自己的「蛋殼」，才能走上正路。

傳統，不是已逝的夢影，不是風乾的遺跡。傳統是一種時空的交織，是在一定的空間範疇內那種有能力向前流淌，而且正在流淌，將要繼續流淌的跨時間的文化流程。

延續傳統，只能靠現代藝術家的個人創造。文化的梳理、堆壘、普及，都不能直接釀發創造。創造，只能依仗天才。

一切最出色地創造了傳統的藝術家，都並不著意呼籲傳統，而只是依憑著自己的天性自由傾瀉。一個能夠自由傾瀉自己天性而又能受到社會歡迎的藝術家不可能沒有傳統意識，因為他的生命行為和他的備受歡迎，都是歷史意旨的迸發。因此，激揚藝術自由，培植藝術大家，其實也就是激揚和培植了傳統。傳統，只能存活在當代偉大藝術家的創造之中。

適應，並不永遠是一個積極的概念。如果黑海夜航的船長，完全適應了航標燈的燈光，那

麼，航標燈就大大降低了刺激他、提醒他的信號功能，很容易發生事故。於是，航標燈以一明一暗的節律，來打破眼睛的適應。同樣，對於美的物件，欣賞者如果完全陷入適應，兩者的審美關係就趨於疲頓。驚喜感失去了，發現的樂趣失去了，主體對於物件的趨求意向失去了，美的價值，美的魅力，自然也隨之而銳減。

適應是一種慣性，一種惰力。創造，從根本意義上說，就是對適應的打破，改變黏著狀態，把動態過程往前推進。

任何推進都意味著不平衡，並以不平衡為動力。就像人走路，只要開步，左腳和右腳就會突破平列狀態而產生離異。此後，一步一步，不是左腳追趕右腳，就是右腳追趕左腳。如果說這就是我們所說的「同步關係」，那麼，同步關係也就是一種由永遠的不適應而構成的追趕態勢和前驅態勢。迷戀平衡，迷戀適應，只能停步。

在中國，老房子沒有歐洲保留得多。對此我們不必痛心疾首。

中國的傳統觀念並不看重凝固的永恒。人世間二十年為一代，木構架的房屋也需要二十年大修一次。木材的朽老程度也以一代為期。中國的下一代對於上一代的孝順遠遠超過歐洲，但他們最大的孝順是重振家業、萬象更新，因此拆老宅、建新屋的夢想幾乎成了一種掌控九州的行為倫理。

可惜，這種觀念到了文化領域又變調了：拆房子的人很多，建房子的人很少。也在建，但仔細一看，很多是舞台布景式的假房子。

在我們漫長的文化延續史上，真不知有多少遠比已出版的著作更有出版資格的精神成果煙消雲散了，其間還包括很多高人隱士因不想讓通行言詞損礙玄想深思而故意的不著筆墨。從一定意義上說，人類精神成果的大量自滅帶有一定的必然性，而由於一時的需求、風尚、機遇、利益而使歷史上某些人的某些書得以出版面世，則帶有很大的偶然性。

正因為這樣，在國際學術界，「從書本到書本」式的所謂「學術成果」沒有什麼地位，而田野考察、資料實證、社會調查以及在此基礎上的原創性發現，才有真正的價值。

有人說，五四新文化運動對傳統文化的批判太嚴厲了。這是一種歷史的誤會。

其實，在批判之前，中國傳統文化已經難於生存，而批判，也沒有產生實質性的效果。五四之後的中國並沒有進入一種全新的文化生態，而是進入了一種漫長的兵荒馬亂。在兵荒馬亂中，文化已無所謂新舊。

五四文化新人與傳統文化有著先天性的牽連，當革新的大潮很快消退，行動的方位逐漸模糊的時候，他們人格結構中親近傳統一面的重新強化是再容易不過的。像一個渾身濕透的弄潮兒又回到了一個寧靜的港灣，像一個筋疲力盡的跋涉者走進了一座舒適的庭院，一切都顯得那麼自然。中國文化的帆船，永久載有這個港灣的夢；中國文人的腳步，始終沾有這個庭院的

土。因此，再壯麗的航程，也隱藏著回歸的路線。

一切精神文化都需要物態載體。五四新文化運動就遇到過一場載體的轉換，即以白話文代替文言文。這場轉換還有一種物質基礎，即以「鋼筆文化」代替「毛筆文化」。五四鬥士們自己也使用毛筆，但他們用毛筆呼喚著鋼筆文化。毛筆與鋼筆之所以可以稱之為文化，是因為它們各自都牽連著一個完整的世界。

膽子很大的書法革新家雖然高舉著叛逆的旗幡，卻也要讓人看出承襲的脈絡。米芾承顏而恣野，鄭板橋學黃山谷而後以隸為楷，怪怪的金農自稱得意於「禪國山碑」和「天發神讖碑」，趙之謙奇峰兀立而其實「顏底魏面」……

這就是可敬而可歎的中國文化。不能說完全沒有獨立人格和創新精神，但傳統的磁場緊緊地統攝著全盤，再強悍的文化個性也在前後左右的惰性牽連中層層損減。請看，僅僅是一支毛筆，就負載起了千年文人的如許無奈。

我們今天失去的不是書法藝術，而是烘托書法藝術的社會氣氛和人文趨向。我聽過當代幾位大科學家的演講，他們寫在黑板上的中文字實在很不像樣，但絲毫沒有改變人們對他們的尊敬。如果他們在微積分算式邊上寫出了幾行優雅流麗的粉筆行書，反而會使人們驚訝，甚至感到不協調。當代許多著名人物用毛筆寫下的各種題詞，恕我不敬，從書法角度看也大多功力不濟，但不會因此而受到人們的鄙棄。這種情景，在古代是不可想像的。因為這裏存在著兩種完全不同的文化資訊系統和生命資訊系統。

書法藝術在總體上是一種形式美，它與人品的關係非常複雜，不能用「文如其人」、「書如其人」這樣的簡單評語來概括。

不難舉出，許多性格柔弱的文人卻有一副奇崛的筆墨，而沙場猛將留下的字跡倒未必有殺伐之氣。有時，人品低下、節操不濟的文士也能寫出一筆矯健溫良的好字來。例如就我親眼所見，秦檜和蔡京的書法實在不差。

中國傳統文人面壁十年，博覽諸子，行跡萬里，宦海沉浮，文化人格的吐納幾乎是一個混沌的秘儀，不能輕易作出判斷。即如秦檜、蔡京者流，他們的文化人格遠比他們的政治人格曖昧，而當文化人格折射為書法形式時，又會增加幾層別樣的雲靄。

被傳青主所瞧不起的趙孟頫，他的書法確有甜媚之弊，但甜媚之中卻又嶙嶙峋峋地有著許多前人風範的沉澱。

個性化的文化傳承，常常隨著生命的終止而終止。一個學者，為了構建自我，不知吐納多少前人的知識，耗費多少精力和時間。苦苦彙聚，死死鑽研，篩選爬剔，孜孜矻矻。這個過程，與買書、讀書、藏書的艱辛經歷密切對應。書房的形成，其實是一種雙向佔有：讓你佔領世間已有的精神成果，又讓這些精神成果佔領你。越是成熟，書房的精神結構越帶有個性。再宏大的百科全書、圖書集成也代替不了一個成熟學者的書房，原因就在這裏。但是，書房的完滿構建總在學者的晚年，因此，書房的生命十分短暫。

中國文化在最高層面上是一種做減法的文化，是一種嚮往簡單和自然的文化。正是這個本質，使它節省了很多靡費，保存了生命。

中國文化在最低層面上也是一種做減法的文化，是一種實施互嫉和互傷的文化。正是這種現象，使它失去了很多人才，走向了平庸。

在各種豪情壯志一一消退之後，我和許多中國文化人一樣，把師生關係看成了自己生命的一個組成部分。我不否認，我對自己學生的偏護有時會到盲目的地步。我是個文化人，我生命的主幹屬於文化，我活在世上的一項重要使命是接受文化和傳遞文化。因此，當我偶爾一個人默默省察自己生命價值的時候，總會禁不住在心底輕輕呼喊：我的老師，我的學生，我就是你們！

我們擁有一個庭院，像嶽麓書院，又不完全是。別人能侵凌它，毀壞它，卻奪不走它。很久很久了，我們一直在那裏，做著一場文化傳代的遊戲。至於遊戲的結局，我們都不要問。

教育固然不無神聖，但並不是一項理想主義、英雄主義的事業，一個教師所能做到的事情十分有限。我們無力與各種力量抗爭，至多在精力許可的年月裡守住那個被稱作學校的庭院，帶著為數不多的學生，參與一場陶冶人性人格的文化傳遞。全部行為目的，無非是讓參與者變得更像一個真正意義上的人。但是，對這個目的所能達到的程度，又不能期望過高。

教學，說到底，是人類的一種精神託付。這一點，歷代嶽麓書院的主持者都很清楚。他們所制定的學規、學則、堂訓、規條等等幾乎都從道德修養出發，最終著眼於如何做一個品行端莊的文化人。他們所講授的經、史、文學，也大多以文化人格的建設為歸結。尤其是後來成為嶽麓書院學術支柱的宋明理學，在很大程度上就是一門文化人格學。因此，山明水秀、書聲琅琅的書院，也就成了文化人格的冶煉所。

常常產生一種文化誤會，以為越是土俗就越具有國際意義。不少人還用這種誤會來否定文明的等級、創新的價值和交融的意義。如果越是土俗就越有國際性，那麼山坳裏的老農都可以到聯合國去工作了。一個人在遍嘗世間美味之後所重新鍾愛的家常菜，其實已經經過嚴格的重新選擇和調理。梅蘭芳遊歷歐美之後重新選演的京劇，看似原湯原汁卻與以前有了重大的區別。

一個中國學生在歐洲某個國家留學，有一天新來的教授掃視過教室裏的各國學生，獨獨對他進行了一系列有關中國人的盤問。這位學生艱難地回答了一半顯然被廣泛誤解了的問題，然後說：「另一些問題不是誤解，隨著中國的富強將會逐步解決。」

「那麼，什麼是你們富強的標誌呢？」教授緊追不放。

這個學生突然覺得有點心酸，說：「我不是政府官員，回答不了這麼大的問題，只想到一個最起碼的標誌，到了那時，中國留學生將不會在教室被單獨挑出來，接受那麼多盤問。」

教授走下講台，拍著這個學生的肩說：「對不起，我只是不瞭解。今天瞭解了一個中國人對自己種族的態度，我向你們致敬。」

上海的鄔先生，曾與一位年輕工程師到巴黎考察。一次在街上向一位老太太問路，老太太禮貌地指了路，卻又把他們引到街邊掛著的一張世界地圖前，說：「我也有一個問題要請教。」她瞇著眼睛找到了中國的方位，又點了點法國的所在，說：「這是你們中國，這是我們法國，隔得那麼遠，我們也有失業，你們都湧到這裏來幹什麼？」

這個問題很不禮貌，鄔先生便回答：「夫人，我們是工程師，接受跨國公司的聘請，一個星期考察完之後就會回去。我們兩人都住在原來上海的法租界，那時候中國與法國也那麼遠，交通哪有現在方便，那麼多法國人湧到那裏去幹什麼？」

在冷戰早已結束以後的今天，我們如果平心靜氣地思考，就會發現產生這種現象的根源，還在於文化的隔膜。

文化的最大隔膜，不在國境線之外，而在國境線之內。

民族與民族之間的文化隔膜，大多在於生活方式和思維習慣；一個民族之內的文化隔膜，大多在於精神等級和價值系統。兩者的輕重主次，不言而喻。

不要輕易地相信國際間「文化衝突」的言論。低頭想想自己吧，天天運用著幾何代數、高等數學而毫無障礙，經常欣賞著莎士比亞、貝多芬、羅丹而心情愉快，卻又無法與同是中國文化界的那批誹謗者、造謠者、盜版者做絲毫溝通。

回顧大半輩子，我們遇到的最激烈的文化衝突，全都來自同一個國家、同一個職業，甚至同一個行當。那又如何讓大家相信，對手全成了外國人？有人是不是要讓我們把身子轉向外面，他們好在背後再動手腳？

第十一章 跋涉廢墟

跋涉廢墟

廢墟是過程，人生就是從舊的廢墟出發，走向新的廢墟。
只有在現代的喧囂中，廢墟的寧靜才有力度。

身為現代人，可以沉溺塵污，可以闖蕩商市，可以徘徊官場；高雅一點，也可以徜徉書林，搜集古董，遊覽美景；而我最心儀的，則是跋涉廢墟。

跋涉廢墟不是一批特殊人物的專職，而是一切不同職業的文明人的自願修煉。只有跋涉廢墟才能明白，我們的前輩有過驚人的成就，又有過驚人的淪落。因此，我們既不會自卑，也不會自傲。當我們一旦熟悉了夕陽下的殘柱、荒草間的斷碑，那麼，不能不對於箱間的歷史文本投去疑惑的目光。

廢墟把我們引向一部說不清、道不明的恢宏歷史。從此，我們就會對著遠來的長風瞇起雙眼，眼角中還會沁出淚水。

我讀過很多歷史書。但是，我心中的歷史沒有紙頁，沒有年代，也沒有故事，只有對秋日傍晚廢墟的記憶。

我心中的歷史話語，先是原始儺唱，後是貝多芬和瓦格納，再是《陽關三疊》和喜多郎，最後，還是巴赫。

我詛咒廢墟，我又寄情廢墟。

廢墟吞沒了我的企盼，我的記憶。片片瓦礫散落在荒草之間，斷殘的石柱在夕陽下站立，書中的記載，童年的幻想，全在廢墟中殞滅。昔日的光榮成了嘲弄，創業的祖輩在寒風中聲聲咆哮。夜臨了，什麼沒有見過的明月苦笑一下，躲進雲層，投給廢墟一片陰影。

但是，代代層累並不是歷史。廢墟是毀滅，是葬送，是訣別，是選擇。時間的力量，理應在大地上留下痕跡；歲月的巨輪，理應在車道間碾碎凹凸。沒有廢墟就無所謂昨天，沒有昨天就無所謂今天和明天。廢墟是課本，讓我們把一門地理讀成歷史；廢墟是過程，人生就是從舊的廢墟出發，走向新的廢墟。營造之初就想到它今後的凋零，因此廢墟是歸宿；更新的營造以廢墟為基地，因此廢墟是起點。廢墟是進化的長鏈。

廢墟表現出固執，活像一個殘疾了的悲劇英雄。廢墟昭示著滄桑，讓人偷窺到民族步履的蹣跚。廢墟是垂死老人發出的指令，使你不能不動容。

廢墟有一種形式美，把撥離大地的美轉化為歸附大地的美。再過多少年，它還會化為泥土，完全融入大地。將融未融的階段，便是廢墟。大地母親微笑著慫恿過兒子們的創造，又微笑著收納了這種創造。母親怕兒子們過於勞累，怕世界上過於擁塞。看到過秋天的飄飄黃葉嗎？母親怕它們冷，收入懷抱。沒有黃葉就沒有秋天，廢墟就是建築的黃葉。

只有在現代的喧囂中，廢墟的寧靜才有力度；只有在現代人的沉思中，廢墟才能上升為寓言。

因此，古代的廢墟，實在是一種現代構建。

現代，不僅僅是一截時間。現代是寬容，現代是氣度，現代是遼闊，現代是浩瀚。

我們，挾帶著廢墟走向現代。

中國歷來缺少廢墟文化。廢墟二字，在中文中讓人心驚肉跳。

或者是冬烘氣十足地懷古，或者是實用主義地趨時。懷古者只想以古代今，趨時者只想以今滅古。結果，兩相殺伐，兩敗俱傷。偌大一個民族，前不見古人，後不見來者，念天地之悠悠，獨愴然而涕下。

在中國人心中留下一些空隙吧。讓古代留幾個腳印在現代，讓現代心平氣和地逼視著古代。那麼，廢墟不值得羞愧，廢墟不必要遮蓋。

中國歷史充滿了悲劇，但中國人怕看真正的悲劇。最終都有一個大團圓，以博得情緒的安慰，心理的滿足。惟有屈原不想大團圓，杜甫不想大團圓，曹雪芹不想大團圓，孔尚任不想大團圓，魯迅不想大團圓，白先勇不想大團圓。他們保存了廢墟，淨化了悲劇，於是也就出現了一種真正深沉的文學。

沒有悲劇就沒有悲壯，沒有悲壯就沒有崇高。雪峰是偉大的，因為滿坡掩埋著登山者的遺體；大海是偉大的，因為處處漂浮著船楫的殘骸；登月是偉大的，因為有「挑戰者號」的殞落；人生是偉大的，因為有白髮，有訣別，有無可奈何的失落。古希臘傍海而居，無數嚮往彼岸的勇士在狂波間前仆後繼，於是有了光耀百世的希臘悲劇。

坦然地承認奮鬥後的失敗，成功後的失落，我們只會更沉著。中國人若要變得大氣，不能再把所有的廢墟驅逐。

只要歷史不阻斷，時間不倒退，一切都會衰老。老就老了吧，安詳地交給世界一副慈祥美。假飾天真是最殘酷的自我糟踐。沒有皺紋的祖母是可怕的，沒有白髮的老者是讓人遺憾的。沒有廢墟的人生太累了，沒有廢墟的大地太擠了，掩蓋廢墟的舉動太偽詐了。

還歷史以真實，還生命以過程。

——這才是人類的大明智。

並非所有的廢墟都值得留存。否則地球將會傷痕斑斑。廢墟是古代派往現代的使節，經過歷史君王的挑剔和篩選。廢墟是祖輩曾經發動過的壯舉，會聚著當時當地的力量和精粹。廢墟能提供破讀的可能，廢墟散發著讓人留連盤桓的磁力。是的，廢墟是一個磁場，一極古代，一極現代，心靈的羅盤在這裏感應強烈。

並非所有的修繕都屬於荒唐。小心翼翼地清理，不露痕跡地加固，修舊如舊，是對廢墟的恩惠。全部勞作的終點，是使它更成為一個名副其實的廢墟，一個人人都願意憑弔的廢墟。修繕，總意味著一定程度的損失。把損壞降到最低度，是一切真正的廢墟修繕家的夙願。

也並非所有的重建都需要否定。如果連廢墟也沒有了，重建一個來實現現代人吞古納今的宏志，那又何妨。但是，那只是現代建築家的古典作品，沿用一個古名，出於幽默。這與歷史，干係不大。如果既有廢墟，又要重建，那麼，我建議，千萬保留廢墟，傍鄰重建。在廢墟上開推土機，讓人心痛。

圓明園廢墟是北京城最有歷史感的文化遺跡之一，如果把它完全鏟平，造一座嶄新的圓明園，多麼得不償失。大清王朝不見了，熊熊火光不見了，民族的鬱忿不見了，歷史的感悟不見了，抹去了昨夜的故事，去收拾前夜的殘夢。但是，收拾來的又不是前夜殘夢，只是今日的遊戲。

人們要叩拜的是歷盡艱辛、滿臉皺紋的老祖母。「整舊如新」，等於為老祖母植皮化妝；而鏟平了重建，則等於找了個略似祖母年輕時代的農村女孩，當作老祖母在供奉。

世間有些廢墟很壯觀，但無關歷史功業；有些名人故居很精緻，但無關大地悲歡。惟有在羅馬，是廢墟而直通歷史主脈，是老屋而早就名播天下，於是一階一柱都深遠而浩大。

瞻仰古蹟，如果一步踏入就如願以償，太令人遺憾了。歷史是坎坷，歷史是幽暗，歷史是旋轉的恐怖，歷史是秘藏的奢侈，歷史是大雨中的泥濘，歷史是懸崖上的廢棄，因此，不能太輕易地進入。

茫茫九州大地，到處都是為爭做英雄而留下的斑斑瘡痍，但究竟有哪幾個時代出現了真正的英雄呢？既然沒有英雄，世間又為什麼如此熱鬧？也許，正因為沒有英雄，世間才如此熱鬧的吧？

在中國古代，憑弔古跡是文人一生中的一件大事。在歷史和地理的交錯中，雷擊般的生命感悟甚至會使一個人脫胎換骨。

我們對於廢墟和古蹟的尋訪，雖然荒路千里，卻還局限於太狹隘的思維空間。

很多年前我寫作《廢墟》的時候，刻意避開了一些更驚人的廢墟。因為按照我當時的思維能力，還不知該怎麼處理。

這些更驚人的廢墟，一次次挑戰著我們一直在津津樂道的歷史觀念，甚至足以使我們對自己族群的進化史產生顛覆。

例如，考古學家在非洲加蓬的一個鈾礦廢墟中，發現了一個二十億年前的「核反應爐」，而且證明它運轉的時間延續五十萬年之久。既然有了這個發現，那麼，美國考古學家在砂岩和化石上發現兩億多年前人類的腳印就不奇怪了，對於巴格達古墓中發現的兩千年前的化學電池，更不再驚訝……

這樣的廢墟，不能不使我們對人世間一系列基本常識產生懷疑。結果，也就對自身產生懷疑。

人類是承受不住這種過於宏觀的懷疑目光的，因此，只能回到常識，談論我們已知的極其短暫的歷史。談論之餘，再偷偷地稍加懷疑。

在《借我一生》中，我把廢墟分成兩種，一為偉大的廢墟，一為骯髒的廢墟。

我說，我剛剛投入生活就被捲進了一個骯髒的廢墟，等到終於從中脫身而出，我帶著複雜的心情去尋找中華文明的偉大廢墟。找到了它們之後，為了真正讀懂它們，我又遠走異邦，去尋訪人類歷史上其他偉大的廢墟……

就在這種萬里尋求中，沒想到，那個我已脫身二十餘年的骯髒的廢墟又追上了我。我對這個骯髒的廢墟做了這樣的概括：似乎一切依舊，所不同的是，當年的打手變成了教授，當年的嬰兒變成了打手。

但是，這個骯髒的廢墟已經不可能籠罩我。在人類歷史上那些偉大的廢墟之間，它只是一絲陰影罷了。

對於重要的歷史，任何掩飾的後果只能是歪曲。災難是一部歷史，對災難的闡釋過程也是一部歷史，而後一部歷史又很容易製造新的災難。要想避免這種新的災難，惟一的辦法是不作掩飾，哪怕悄悄地發生在地下，也要開一個天窗，讓它暴露在光天化日之下，裸裎於後代子孫眼前。

歷史有很多層次，有良知的歷史學家要告訴人們的，是真正不該遺忘的那些內容。但在很多時候，歷史也會被人利用，成為混淆主次、增添仇恨的工具。有的人甚至借著歷史來掩飾自己、攻訐對手，因此更應警惕。幾個文明古國的現代步履都很艱難，其中一個原因便是歷史負擔太重，玩弄歷史的人太多。

只有把該遺忘的遺忘了，歷史才會從細密的皺紋裏擺脫出來，回覆自己剛健的輪廓。

歷史，雖有莊嚴的面容，卻很難抵拒假裝學問的臆想、冒稱嚴謹的偷換、貌似公平的掩飾、形同證據的偽造。它因人們的輕信而成為輿論，因時間的易逝而難以辯駁，因文痞的無恥而延續謬誤，因學者的怯懦而知錯不糾。結果，它所失落的，往往倒是社會進程中的一些最關鍵的隱秘。

歷史轉折時期的隱秘，是永遠的盲點。這是一個最容易被人們忘記的時期，因為不管用轉折前還是轉折後的座標都無法讀解它，而無法讀解就無法記錄。

歷史的轉折處大多並不美麗，就像河道的灣口上常常彙聚著太多的垃圾和泡沫。美麗的轉折一定是修飾的結果，而修飾往往是歷史的改寫。

無數事實證明，在我們中國，許多情緒化的歷史評判規範，雖然堂而皇之地傳之久遠，卻包含著極大的不公正。我們缺少人類普遍意義上的價值啟蒙，因此這些情緒化的評判規範大多是從朝廷正統觀念引申出來的，帶有很多盲目性。

先是姓氏正統論，劉漢、李唐、趙宋、朱明……，在同一姓氏的傳代系列中所出現的繼承人，哪怕是昏君、懦夫、色鬼、守財奴、精神失常者，都是合法而合理的，而外姓人氏若有覬覦，即便有一千條一萬條道理，也站不住腳，真偽、正邪、忠奸全由此劃分。

由姓氏正統論擴而大之，就是民族正統論。這種觀念要比姓氏正統論複雜得多，你看辛亥革命的闖將們與封建朝廷的姓氏正統論勢不兩立，卻也需要大聲宣揚民族正統論，便是例證。民族正統論涉及到幾乎一切中國人都耳熟能詳的許多著名人物和著名事件，是一個在今後仍然要不斷爭論的麻煩問題。

這是一個真正的亂世。

出現過一批名副其實的鐵血英雄，播揚過一種烈烈揚揚的生命意志，普及過「成者為王，敗者為寇」的政治邏輯，即便是再冷僻的陋巷荒陌，也因震懾、崇拜而變得炯炯有神。突然，英雄們相繼謝世了。英雄和英雄之間龍爭虎鬥了大半輩子，他們的年齡大致相仿，因此也總是在差不多的時間離開人間。像驟然掙脫了條條綳緊的繩索，歷史一下子變得輕鬆，卻又劇烈搖晃起來。

英雄們留下的激情還在，後代還在，部下還在，親信還在，但統治這一切的巨手卻已在陰暗的墓穴裏枯萎；與此同時，過去被英雄們的偉力所掩蓋和制服著的各種社會力量又猛然湧起，為自己爭奪權利和地位。這兩種力量的衝撞，與過去英雄們的威嚴抗衡相比，低了好幾個等級，於是，巨集謀遠圖不見了，壯麗的鏖戰不見了，歷史的詩情不見了，代之以明爭暗鬥、上下其手、投機取巧，代之以權術、策反、謀害。當初的英雄們也會玩弄這一切，但玩弄僅止於玩弄，他們的爭鬥主題仍然是響亮而富於人格魅力的。當英雄們逝去之後，手段性的一切成了主題，歷史失去了放得到桌面上來的精神魂魄，進入到一種無序狀態，專制的有序會釀造黑

暗，混亂的無序也會釀造黑暗。我們習慣所說的亂世，就是指無序的黑暗。

魏晉，就是這樣一個無序和黑暗的「後英雄時期」。

王維詩畫皆稱一絕，萊辛等西方哲人反覆討論過的詩與畫的界線，在他是可以隨腳出入的。但是，長安的宮殿，只為藝術家們開了一個狹小的邊門，允許他們以侍從的身份躬身而入，去製造一點娛樂。這裡，不需要文化鬧出太大的局面，不需要對美有太深的寄託。

於是，九州文氣漸漸收斂。陽關，再難享用溫醇的詩句。西出陽關的文人還是有的，只是大多成了謫官逐臣。也有詩句，但已寒氣砭骨。

即便是土墩、是石城，也受不住太多歎息的剝蝕。陽關坍弛了，坍弛在一個民族的精神疆域中。它終成廢墟，終成荒原。身後，沙墳如潮，身前，寒峰如浪。誰也不能想像，這兒，一千多年之前，曾經驗證過人生的壯美，藝術情懷的弘廣。

這兒應該有幾聲胡笳和羌笛的，音色極美，與自然渾和，奪人心魄。可惜它們後來都成了兵士們心頭的哀音。既然一個民族都不忍聽聞，它們也就消失在朔風之中。

不知道歷史學家有沒有查過，有多少烏雲密布的雨夜，悄悄地改變了中國歷史的步伐。將軍舒眉了，謀士自悔了，君王息怒了，英豪冷靜了，俠客止步了，戰鼓停息了，駿馬回槽了，刀刃入鞘了，奏章中斷了，敕令收回了，船楫下錨了，酒氣消退了，狂歡消解了，呼吸勻停了，心律平緩了。

不知道傳記學家有沒有查過，一個個雨夜，扭轉了多少傑出人物的生命旅程。人生許多關節點的出現常常由於偶然。種種選擇發端於一顆柔弱的心，這顆心卻可能由於某些突然的環境因素而改變。一場雨，既然可以使一位軍事家轉勝為敗，也能使一個人生計劃改弦易轍。因此，哪怕是夜，哪怕是雨，也默默地在歷史中佔據著地位。

歷史的悖論，常常能構成最高層次的悲劇。

《桃花扇》中那位秦淮名妓李香君，身份低賤而品格高潔，在清兵浩蕩南下、大明江山風雨飄搖時節保持著多大的民族氣節！但是，她萬萬沒有想到，就在她和她的戀人侯朝宗為抗清扶明不惜赴湯蹈火的時候，恰恰正是那個苟延殘喘而仍然荒淫無度的南明小朝廷，作踐了他們。那個在當時當地看來既是明朝也是漢族的最後代表的弘光政權，根本不要她和她的姊妹們的忠君淚、報國心，而只要她們作為一個女人最可憐的色相。李香君真想與戀人一起為大明捐軀流血，但叫她噁心的是，竟然是大明的官僚來強逼她成婚而使她血濺紙扇，染成「桃花」。「桃花扇底送南朝」，這樣的朝廷就讓它去了吧，長歎一聲，氣節、操守、抗爭、奔走，全都成了荒誕和自嘲。

歷史常常以大量的個人傳奇貫穿，司馬遷很早就明白了這一點，可惜大多數歷史學家並不明白，把個人傳奇擠走了，擠得枯燥而霸道。

我想起了一個人。

他未必算得上世界名人，但是我走在斯德哥爾摩大街上總也忘不了他的身影。

他叫貝納多特，本是拿破崙手下的一名法國戰將，勇敢頑強、英俊偉岸，曾被拿破崙指派騎著高頭大馬到維也納大街上慢慢通過，作為法國風度的示範。居然是他，被瑞典人選作了國王。這位連瑞典話也不會說的瑞典國王倒是沒有辜負瑞典，他審時度勢，不再捲入拿破崙的戰略方陣，反而參與了反法聯盟，但又不積極。

拿破崙兵敗滑鐵盧，他一言不發。他已明白像瑞典這樣的國家如果陷身於歐洲大國間的爭逐，勝無利，敗遭災，惟一的選擇是和平中立。

他的妻子一直住在巴黎，處境尷尬，卻向人癡癡地回憶著他們初次見面的情景。

那年她十一歲，一個被分配來住宿的士兵敲開了她家的門，父親嫌他粗手笨腳就把他打發走了。「這個士兵，就是後來娶了我的瑞典國王。」她說。

這種政治傳奇得以成立，一半得力於浪漫的法國，一半得力於老實的北歐，兩者的組合改變了一個地方的歷史。這樣的傳奇放到中國，大概在春秋戰國時代也有可能。

在某些時刻、某些角落，歷史變成了寓言。

那天晚上，列支敦士登公國的副首相被一要事所牽，下班晚了，到大門口才發現門已被鎖，無法出去。他敲敲打打，百般無奈。地下室上來一個人，拿出鑰匙幫他開了門。副首相以為是開門人住在地下室，一問，誰知這是關在下面的囚徒。

囚徒為什麼會掌握大門鑰匙？是偷的，還是偷了重鑄後又把原物放回？這不重要，副首相認為最重要的問題是：囚徒掌握了鑰匙為什麼不逃走？於是他就當面發問。

囚徒說：「我們國家這麼小，人人都認識，我逃到哪兒去？」

「那麼，為什麼不逃到外國去呢？」

囚徒說：「你這個人，世界上哪個國家比我們好？」

於是他無處可逃，反鎖上門，走回地下室。

這件事聽起來非常舒服。

首相府的地下室就是監獄，這幢房子把兩種最高智商的人集中在一起了。

歷史總是以成果來回答大地的。先是昂昂然站出了牛頓和達爾文，以後，幾乎整個近代的科學發展，每一個環節都很難離得開牛津和康橋。地球被「稱量」了，電磁波被「預言」了，電子、中子、原子核被透析了，ＤＮＡ的結構被發現了……

身在大學城，有時會產生一種誤會，以為人類文明的步伐全然由此踏出。正是在這種誤會下，站出來一位讓中國人感到溫暖的李約瑟先生，他花費幾十年時間細細考訂，用切實材料提醒人們不要一味陶醉在英國和西方，忘記了遼闊的東方、神秘的中國。

但願中國讀者不要抽去他著作產生的環境，只從他那裏尋找單向安慰，以為人類的進步全部籠罩在中國古代那幾項發明之下。須知就在他寫下這部書的同時，英國仍在不斷地創造第一。第一瓶青黴素，第一個電子管，第一台雷達，第一台電腦，第一台電視機……即便在最近，他們還相繼公佈了第一例複製羊和第一例試管嬰兒的消息。英國人在這樣的創造浪潮中居然把中國古代的發明創造整理得比中國人自己還要完整，實在是一種氣派。我們如果因此而沾沾自喜，反倒小氣。

中國歷史和英國歷史千差萬別，因此我們完全不必去發掘和創造什麼貴族。有人說這只不過是說著玩玩而已，而在我看來，這種玩樂包含著很大的損失和危險。把「盜版」來的概念廉價享用，乍一看得了某種便宜，實際上卻會損害很多本來應該擁有的確切身份。例如那些文化人硬要把曾祖父比附成貴族，老人家必然處處露怯，其實一個中國近代史上的風霜老人，完全可以不加虛飾地成為一個典型。

宏觀的歷史也是一樣，用西方某些學者的歷史幾大階段論、幾大社會論來套中國，或者硬行塞給中國一個「中世紀」，反而使中國失去了歷史。真可謂，偷了別家的鳥籠，丟了自家的黃鶯。

第十二章

漂泊心態

漂泊心態

沒有明確的目的，流浪才算純粹。
純粹的流浪既沒有起點，也沒有終點。
古代人行萬里路的志向，是一項勇敢的人生宣言。

對於文化來說，大地本身就是一種重要的決定力量，那麼，就讓我們先來閱讀大地。

古代中國走得比較遠的有四種人，一是商人，二是軍人，三是僧人，四是詩人。商人謀利，軍人從命，他們的遠行雖然也會帶來文化成果，但嚴格意義上的文化企圖卻屬於遠行的僧人和詩人。

這四種人走路的遠近也不一樣。絲綢之路上的商人走得遠一點，而軍人卻走得不太遠。因為中國歷代皇帝雖然也自命不凡，卻很少像希臘、埃及、巴比倫、波斯的君主那樣長距離地去侵略別人。成吉思汗西進的路線很長，但他的王朝那時還沒有統治中國。與一些文明古國相比，中國確實是最「安分守己」的國度，我認為這也是中華文明能夠長久延續的原因之一。

那麼僧人與詩人呢？詩人，首先是那些邊塞詩人，也包括像李白這樣腳頭特別散的大詩人，一生走的路倒確實不少，但要他們當真翻越塔克拉瑪干沙漠和帕米爾高原就不太可能了。即使有這種願望，也沒有足夠的意志、毅力和體能。好詩人都多愁善感，遇到生命絕境，在精神上很可能崩潰。至於其他貌似狂放的文人，不管平日嘴上多麼萬水千山，一遇到真正的艱辛和危難大多逃之夭夭，然後又轉過身來在行路者背後指指點點。文人通病，古今皆然。

僧人就不一樣，宗教理念給他們帶來了巨大的能量。他們的使命就是穿越生命絕境，去獲取精神上的經典，因此就有可能出現驚天地、泣鬼神的腳步。

於是，能走遠路的其實只剩下了商人和僧人，而具有明確文化意圖的只有僧人。

雖然中國古人提出過「讀萬卷書，行萬里路」的人生原則，但那只適合太平盛世的讀書人。在中國古代，太平盛世不多，讀書人數量很少，願意擺脫科舉誘惑而跋涉曠野的讀書人更是少而又少。因此，在多數中國人心中，真正佔據統治地位的，仍然是「安土重遷」的封閉觀念。中國文化的理想一脈，是老子所說的「安其居，樂其俗，鄰國相望，雞犬之聲相聞，民至老死不相往來」的境界。這種境界在陶淵明的〈桃花源記〉中又有生動描述，傳播廣遠。作為這些觀念的實際成果，中國歷代「超穩定」的社會生活，確實不主張與外部世界熱情交往，不倡導離開家鄉獨自出行。

因此，古代文化人「行萬里路」的志向，是一項勇敢的人生宣言。

除了少數例外，正常意義上的遠行者總是人世間比較優秀的群落。他們如果沒有特別健康的心志和體魄，何以脫離早已調適了的生命溫室去領受漫長而陌生的時空折磨？天天都可能遭遇意外，時時都需要面對未知，許多難題超越精神貯備，大量考驗關乎生死安危，除了人格支撐，無處可以求援。

據我自己的經驗，幾乎沒有遇見過一個現代遠行者是偏激、固執、陰鬱、好鬥的。反之，那些滿口道義、鄙視世情的文人如果參加某種集體旅行，大多連誰扛行李、誰先用餐、誰該付款等瑣碎問題也無法過關，總是眾人側目，同室翻臉，不歡而散。流浪，一個深為他們恥笑的辭彙，卻又談何容易！

有人習慣於把生命偪促於互窺互監、互猜互損，有人則習慣於把生命釋放於大地長天、遠山滄海。

在中國古代的流浪者中，我最認同的是李白。

其他那些偉大的流浪者都有明確的目的——主動的目的和被動的目的，只有李白沒有。

沒有明確的目的，流浪才算純粹。

純粹的流浪既沒有起點，也沒有終點。他由此來理解生命的本質。

但是，他曾經假設過一個起點，那就是「故鄉」。

那首「舉頭望明月、低頭思故鄉」的詩，成了歷來中國人的一種精神標誌。其實，大家都有點誤會他了。他的精神寄託，不在故鄉。故鄉對他而言，就像月亮一樣，可望而不可及，可思而不可去，可唱而不可說。

這便是純粹的流浪者心中的「故鄉」。

他沒有什麼公務，天天無須上班，為什麼不回一次他夜夜思念的故鄉呢？一位日本學者說，他故意要把自己置身在終身的「異鄉體驗」中。我同意這種說法。

終身的異鄉體驗，也就是永不回頭的流浪者體驗。

前兩年著名導演潘小揚拍攝艾蕪的〈南行記〉，最讓我動心的鏡頭是艾蕪老人被年歲折磨得滿臉憔悴，表情漠然地坐在輪椅上。畫面外歌聲響起，大意是：媽媽，我還要遠行，世上沒有比遠行更讓人銷魂。這是老人在心底呼喊嗎？他已不能行走，事實上那時已接近他生命的終點，但在這歌聲中他的眼睛突然發亮，而且顫動欲淚。他昂然抬起頭來，饑渴地注視著遠方。

一切遠行者的出發點總是與媽媽告別，走得再遠也一直心存一個媽媽，一路上暗暗地請媽媽原諒，而他們的終點則是衰老，不管是否衰老於真正的故鄉。他們的媽媽當然已經不在，因此歸來的遠行者從一種孤兒變成了另一種孤兒。這樣的回歸畢竟是悽楚的，無奈衰老的軀體使他們無法再度出走，只能向冥冥中的媽媽表述這種願望。暮年的老者呼喊媽媽是不能不讓人動容的，一聲呼喊道盡了回歸也道盡了漂泊。

我想任何一個早年離鄉的遊子在思念家鄉時都會有一種兩重性：他心中的家鄉既具體又不具體。具體可具體到一個河灣，幾棵小樹，半壁蒼苔。如果僅僅如此，焦渴的思念完全可以轉換成回鄉的行動。然而真的回鄉又總是失望，天天縈繞我心頭的這一切原來是這樣的嗎？就像在一首朦朧的名詩後面突然看到了一幅逼真的插圖，詩意頓消。因此，真正的遊子是不大願意回鄉的，即使偶爾回去一下也會很快出走，走在外面又沒完沒了地問自己，家鄉究竟在哪裡。

置身異鄉的體驗非常獨特。乍一看，置身異鄉所接觸的全是陌生的東西，原先的自我一定會越來越脆弱，甚至會被異鄉同化掉。其實事情遠非如此簡單。異己的一切最能刺激自我確認，異鄉的山水更會讓人聯想到自己生命的起點，因此越在異鄉越會勾起鄉愁。鄉愁越濃越不敢回去，越不敢回去越願意把自己和故鄉連在一起——簡直成了一種可怖的迴圈。結果，一生都避著故鄉旅行，避一路，想一路。

我想，諸般人生況味中非常重要的一項就是異鄉體驗與故鄉意識的深刻交糅，漂泊欲念與回歸意識的相輔相成。這一況味，跨國界而越古今，作為一個永遠充滿魅力的人生悖論而讓人品咂不盡。

在一般意義上，家是一種生活，在深刻意義上，家是一種思念。只有遠行者才有對家的殷切思念，因此只有遠行者才有深刻意義上的家。

許多更強烈的漂泊感受和思鄉情緒是難於言表的，只能靠一顆小小的心臟去滿滿地體驗。

當這顆心臟停止跳動，這一切也就杳不可尋，也許失落在海濤間，也許掩埋在叢林裏，也許凝凍於異國他鄉一棟陳舊樓房的窗戶中。

因此，從總體而言，這是一首無言的史詩。中國歷史上每一次大的社會變動都會帶來許多人的遷徙和遠行，或義無反顧，或無可奈何，但最終都會進入這首無言的史詩，哽哽咽咽又回腸蕩氣。

你看現在中國各地哪怕是再僻遠的角落，也會有遠道趕來的白髮華僑愴然飲泣，匆匆來了又匆匆去了，不會不來又不會把家搬回來，他們不說理由也不向自己追問理由，抹乾眼淚又鬚髮飄飄地走向遠方。

流浪是一種告別，告別的原因，有的可付諸言表，有的則難以言表。真正的流浪，大多屬於後者，被迫言表，只是搪塞。不想搪塞，當然沉默，牽牽嘴角，已是禮貌。

人生的道路也就是從出生地出發，越走越遠。一出生便是自己，由此開始的人生就是要讓自己與種種異己的一切打交道。打交道的結果可能喪失自己，也可能在一個更高的層面上把自己找回。

那個拒絕出行，拒絕陌生，拒絕脫離狹小座標的群落，必然越來越走向保守、僵硬、冷漠、自私。於是，反倒是那些沉默地踏遍千山的腳步，孤獨地看盡萬象的眼睛，保留著對人類生態的整體瞭解，因此也保留了足夠的視野、體察和同情。他們成了冷漠社會中一股竄動的暖流，一種宏觀的公平。這就使現代旅行者比古代同行更具有了擔負大道的宗教情懷。旅行，成了克服現代社會自閉症的一條命脈。

旅遊的意義是什麼?我的答案是——

讓人和自然更親密地貼近，讓孤獨的生命獲得遼闊的空間，讓更多的年輕人在遭遇人生坎坷前領略天無絕人之路，讓更多的老年人有權利來與自己住了很久的世界做一次壯闊的揮別，讓不同的文化在腳步間交融，讓歷史的怨恨在互訪間和解，讓我們的路口天天出現陌生的笑臉，讓我們的眼睛時時發出驚喜的光彩，讓深山美景不再獨自遲暮，讓書齋玄思不再自欺欺人，能在荒草斷碑間洗心革面……

第十三章 月下故國

月下故國

生命來自遙遠的歷史，來自深厚的故土，
喚醒它，只需要一個閃電般掠過的輕微資訊。

我在望不到邊際的墳堆中茫然前行，心中浮現出艾略特的《荒原》。這裏正是中華歷史的荒原：如雨的馬蹄，如雷的吶喊，如注的熱血。中原慈母的白髮，江南春閨的遙望，湖湘稚兒的夜哭……隨著一陣煙塵，又一陣煙塵，都飄散遠去。我相信，死者臨亡時都是面向朔北敵陣的；我相信，他們又很想在最後一刻回過頭來，給熟悉的土地投注一個目光。於是，他們扭曲地倒下了，化作沙堆一座。

沒有沙漠，也就沒有莫高窟，沒有敦煌。儀式從沙漠的起點已經開始，在沙窩中一串串深深的腳印間，在一個個夜風中的帳篷裏，在一具具潔白的遺骨中，在長毛飄飄的駱駝背上。

看莫高窟，不是看死了一千年的標本，而是看活了一千年的生命。一千年而始終活著，血脈暢通、呼吸勻停，這是一種何等壯闊的生命！一代又一代藝術家前呼後擁向我們走來，每個藝術家又牽連著喧鬧的背景，在這裏舉行著橫跨千年的遊行。紛雜的衣飾使我們眼花撩亂，呼呼的旌旗使我們滿耳轟鳴。在別的地方，你可以蹲下身來細細玩索一塊碎石、一條土埂，在這兒完全不行，你也被裹捲著，身不由己，踉踉蹌蹌，直到被歷史的洪流消融。在這兒，一個人的感官很不夠用，那乾脆就丟棄自己，讓無數雙藝術巨手把你碎成輕塵。

沙漠中也會有路的，但這兒沒有。遠遠看去，有幾行歪歪扭扭的腳印。順著腳印走罷，但不行，被人踩過了的地方，反而鬆得難走。只能用自己的腳，去走一條新路。回頭一看，為自己長長的腳印高興。不知這行腳印，能保存多久？……

要騰騰騰地快步登山，那就不要到這兒來。有的是棧道，有的是石階，千萬人走過了的，還會有千萬人走。只是，那兒不給你留下腳印，屬於你自己的腳印。來了，那就認了罷，為沙漠行走者的公規，為這些美麗的腳印。

心氣平和了，慢慢地爬。沙山的頂越看越高，爬多少它就高多少，簡直像兒時追月。已經擔心今晚的棲宿。狠一狠心，不宿也罷，爬！

再不理會那高遠的目標了，何必自己驚嚇自己。它總在的，不看也在。還是轉過頭來看看自己已經走過的路罷。我竟然走了那麼長，爬了那麼高。腳印已像一條長不可及的綢帶，平靜而飄逸地劃下了一條波動的曲線，曲線一端，緊繫腳下。完全是大手筆，不禁欽佩起自己來了。

不為那山頂，只為這已經劃下的曲線，爬。不管能抵達哪兒，只為已耗下的生命，爬。無論怎麼說，我始終站在已走過的路的頂端。永久的頂端，不斷浮動的頂端，自我的頂端，未曾後退的頂端。

沙山的頂端是次要的。爬，只管爬。

七轉八彎，從簡樸的街市走進了一個草木茂盛的所在。臉面漸覺滋潤，眼前愈顯清朗，也沒有誰指路，只向更滋潤、更清朗的去處走。忽然，天地間開始有些異常，一種隱隱然的騷動，一種還不太響卻一定是非常響的聲音，充斥周際。如地震前兆，如海嘯將臨，如山崩即至，渾身起一種莫名的緊張，又緊張得急於趨附。不知是自己走去的還是被它吸去的，終於陡然一驚，我已站在伏龍觀前，眼前，急流浩蕩，大地震顫。

即便是站在海邊礁石上，也沒有像這裏這樣強烈地領受到水的魅力。海水是雍容大度的聚會，聚會得太多太深，茫茫一片，讓人忘記它是切切實實的水，可掬可捧的水。這裏的水卻不同，要說多也不算太多，但股股疊疊都精神煥發，合在一起比賽著飛奔的力量，踴躍著喧囂的生命。

這種比賽又極有規矩，奔著奔著，遇到江心的分水堤，刷地一下裁割為二，直竄出去，兩股水分別撞到了一道堅壩，立即乖乖地轉身改向，再在另一道堅壩上撞一下，於是又根據築壩者的指令來一番調整……

也許水流對自己的馴順有點惱怒了，突然撒起野來，猛地翻捲咆哮，但越是這樣越是顯現出一種更壯麗的馴順。已經咆哮到讓人心魄俱奪，也沒有一滴水濺錯了方位。陰氣森森間，延續著一場千年的收伏戰。

水在這裏，吃夠了苦頭也出足了風頭，就像一大撥翻越各種障礙的馬拉松健兒，把最強悍的生命付之於規整，付之於企盼，付之於眾目睽睽。看雲看霧看日出各有勝地，要看水，萬不可忘了都江堰。

過三峽本是尋找不得辭彙的。只能老老實實，讓嗖嗖陰風吹著，讓滔滔江流濺著，讓迷亂的眼睛呆著，讓一再要狂呼的嗓子啞著。什麼也甭想，什麼也甭說，讓生命重重實實地受一次驚嚇。千萬別從驚嚇中醒過神來，清醒的人都消受不住這三峽。

身邊突然響起一陣嘈雜的歡呼聲，那是巫山的神女峰到了。神女在連峰間側身而立，給驚嚇住了的人類帶來了一點安慰。好像上天在鋪排這場宏大呈現時，突然想到要選擇一位司儀。被選上的當然是女性，正當妙齡，風姿綽約，人類的真正傑作只能是她們。

人們在她身上傾注了最瑰麗的傳說，好像下決心讓她汲足世間的至美，好與自然精靈們爭勝。說她幫助大禹治過水，說她夜夜與楚襄王幽會，說她在行走時有環佩鳴響，說她雲雨歸來時渾身異香。但是，傳說歸傳說，她畢竟只是巨石一柱，險峰一座，只是自然力對人類的一種幽默和解。

我站在白蓮洞裡，頭頂有吱吱的叫聲，那是蝙蝠，盤旋在洞頂；腳下有喇喇的水聲，那是盲魚，竄遊在伏流。洞裏太黑，它們都失去了眼睛，瞎撞了多少萬年。洞邊有火坑遺跡，人在這裏點燃了火炬，成了惟一光明的動物。深深的黑洞在火光下映入瞳孔，這一人種也就有了烏黑的眼珠。

蝙蝠和盲魚是先民留下的夥伴，牠們彷彿在提醒，今天我是在探尋祖宅。我直盯盯地看著牠們，產生了很多感觸。

論安逸，是牠們。躲在這麼個洞子裏，連風暴雨雪也沒挨到一次，一代又一代，繁衍至今。人類自從與牠們揖別，闖出洞口，真無一日安寧。兇猛的野獸被一個個征服了，不少夥伴卻成了野獸，千萬年來征戰不息。在這個洞中已經能夠燃起火炬，在洞外卻常有人把火炬踩滅，把寥廓的天地變成一個黑洞，長年累月無路可尋。無數的奇蹟被創造出來，機巧的罪惡也駭人聽聞。宏大的世界常常變成一個孤島，喧騰的人生有時比洞中還要冷清。

洞中有一石幔，上嵌珊瑚、貝殼、海螺化石無數，據測定，幾億年前，這兒曾是海底。對這堵石幔來說，人類的來到、離去、重返，確實只是一瞬而已。

溫軟的手指觸摸著堅硬的化石，易逝的生命叩問著無窮的歷史。理所當然，幾萬年前的祖先也觸摸過它，發出過疑問。我的疑問，與他們相差無幾：我們從何處來到這裡？又從這裡走向何處？

白帝城本來就熔鑄著兩種聲音、兩番神貌：李白與劉備，詩情與戰火，豪邁與沉鬱，對自然美的朝覲與對主宰權的爭逐。它高高地矗立在群山之上，它腳下，是為這兩個主題日夜爭辯著的滔滔江流。

華夏河山，可以是屍橫遍野的疆場，也可以是車來船往的樂土；可以放任權勢者的意志縱橫馳騁，也可以庇佑詩人們的生命揮灑自如。可憐的白帝城多麼勞累，清晨，剛剛送走了李白們的輕舟，夜晚，還得迎接劉備們的馬蹄。只是，時間一長，這片山河對詩人們的庇佑力日漸減弱，他們的船楫時時擱淺，他們的衣帶經常薰焦，他們由高邁走向苦吟，由苦吟走向無聲。中國，還留下幾個詩人？

幸好還留存了一些詩句，留存了一些記憶。幸好有那麼多中國人還記得，有那麼一個早晨，有那麼一位詩人，在白帝城下悄然登舟。也說不清有多大的事由，也沒有舉行過歡送儀式，卻終於被記住千年，而且還要被記下去，直至地老天荒。這裏透露了一個民族的饑渴：他們本來應該擁有更多這樣平靜的早晨。

在李白的時代，中華民族還不太沉悶，這麼些詩人在這塊土地上來來去去，並不像今天那樣覺得是件怪事。他們的身上並不帶有政務和商情，只帶著一雙銳眼、一腔詩情，在山水間周旋，與大地結親。寫出了一排排毫無實用價值的詩句，在朋友間傳觀吟唱，已是心滿意足。他們很把這種行端當作一件正事，為之而不怕風餐露宿，長途苦旅。結果，站在盛唐中心地位的，不是帝王，不是貴妃，不是將軍，而是這些詩人。

廬山三疊泉。

不知何時，驚人的景象和聲響已出現在眼前。從高及雲端的山頂上，一幅巨大的銀簾奔湧而下，氣勢之雄，恰似長江黃河倒掛。但是，猛地一下，它撞到了半山的巨岩，轟然震耳，濺水成霧。它怒吼一聲，更加狂暴地沖將下來，沒想到半道上又撞到了第二道石嶂。它再也壓抑不住，狂呼亂跳一陣，拼將老命再度沖下，這時它已成了一支浩浩蕩蕩的亡命徒的隊伍，決意要與山崖作一次最後的搏殺。它挾帶著雷霆竄下去了，下面，是深不可測的峽谷，究竟衝殺得如何，看不見了。它的最後歸宿如何，無人知曉，但它絕對不會消亡，因為我們已經看到，哪怕接二連三地阻遏它、撞擊它，它都沒有吐出一聲嗚咽，只有怒吼，只有咆哮。

我們這些人的身心全都震撼了。急雨般的飛水噴在我們身上，誰也沒有逃開，反都抬起頭來仰望。沒有感歎，沒有議論，默默地站立著，袒示著濕淋淋的生命，就像是完成了一種皈依。

我獨個兒走出住所大門，對著眼前黑黝黝的山嶺發呆。查過地圖，這山嶺便是避暑山莊北部的最後屏障，就像一張羅圈椅的椅背。在這張羅圈椅上，休息過一個疲憊的王朝。奇怪的是，整個中華版圖都已歸屬了這個王朝，為什麼還要把這張休息的羅圈椅放到長城之外呢？清代的帝王們在這張椅子上面南而坐的時候都在想一些什麼呢？月亮升起來了，眼前的山壁顯得更加巍然愴然。

把政治軍事目的轉化為一片幽靜閒適的園林，一圈香火繚繞的寺廟，這不能不說是康熙的大本事。然而，不管怎麼看，眼前還是道道地地的園林和寺廟，道道地地的休息和祈禱。政治和軍事，消解得那樣煙水蔥蘢、慈眉善目。如果不是那些石碑提醒，我們甚至連可以疑的痕跡都找不到。

避暑山莊其實就是康熙的「長城」，與蜿蜒千里的秦始皇長城相比，哪個更高明些呢？

康熙的「長城」也終於傾坍了，荒草淒迷，暮鴉回翔，舊牆斑駁，黴苔處處，而大門卻緊緊地關著。關住了那些宮殿房舍倒也罷了，還關住了那麼些蒼鬱的山，那麼些晶亮的水，讓人心疼。在康熙看來，這兒就是清代的靈穴，但清代把它丟棄了。被丟棄了的它可憐，丟棄了它的清代更可憐，連一把羅圈椅也坐不到了，淒淒惶惶，喪魂落魄。慈禧在北京修了一個頤和園，與避暑山莊對抗，塞外朔北的園林哪裡還有對抗的能力和興趣？它屬於一個早就褪色的經典時代。康熙連同他的園林一起失敗了，敗在一個沒有讀過什麼書，沒有建立過什麼功業的女人手裏。熱河的雄風早已吹散，清朝從此陰氣重重、劣跡斑斑。

當入侵者和防守者早已融成一家，再也沒有攻守之間的命題，那麼連石獅也露出了老人的笑容，老得牙口全無，回歸兒童般的單純。

粗碩挺拔的庭柱永遠具有最直接的象徵性。是支撐，是排列，是衛護，是喜慶。當晃眼的紅色使每一天都成了節日，皇帝的企盼其實與世間孩童一般。

要讓建築的頭頭尾尾都要成為象徵，那些傑出的建築學家只能無奈地輕歎一聲，放棄整體構思的權利，埋頭在技術和細節上用心。

瓦間荒草，使人淒涼，但在瀋陽故宮中毫無淒涼印象。這是勝利者的起點，卻不是勝利者的天堂，因此當他們敗亡時也不必由此地來承受滄桑。一切最淒涼的祭奠都在於昨天的輝煌，這裏從來沒有輝煌，因此既不淒涼，也不必祭奠。一群英雄從這裏出發走了，沒有回來，如此而已。此時的表情，就像瓦當上的臉譜，深深的額皺，翹翹的鬍鬚，左邊的有點悲，右邊的有點喜，輕輕的悲喜在荒草陽光下，不被人知曉。

寂寞最怕鈴響。世上一切都會坍圮，惟有鐘聲不老。不管是迎駕慶典，還是避禍苦熬，不管是車馬喧騰，還是空無一人，只須一縷毫不勢利的小風，它便以同樣的聲音搖晃。這是一個奇蹟，最容易消逝的東西居然最堅定，最抓不住實質的東西居然最恒久。嘿，好一枚舊宮殘鐘。

由松陵鎮向西南，在泥濘小路上走七八里，便看見了太湖。初冬的太湖，是一首讀不完的詩。寒水，遠山，暮雲，全都溶成瓦藍色。白花花的蘆荻，層層散去，與無數出沒其間的鳥翅一起搖曳。一陣陣涼風捲來，把埋藏心底的所有太湖詩，一起捲出。那年月，人人都忘了山水；一站到湖邊，人人都在為遺忘懺悔。滿臉惶恐，滿眼水色，滿身潔淨。我終於來了，不管來幹什麼，終於來到了太湖身邊。一種本該屬於自己的生命重又萌動起來，這生命來自遙遠的歷史，來自深厚的故土，喚醒它，只需要一個閃電般掠過的輕微資訊。

開始見到過一個茶莊，順著茶莊背後的小路翻過山，就再也見不到房舍。山外的一切平泛景象突然不見，一時湧動出無數奇麗的山石，山石間掩映著叢叢簇簇的各色林木，一下子就把人的全部感覺收服了。

我在想，這種著名的山川實在是造物主使著性子雕鏤出來的千古奇蹟。為什麼到了這裏，一切都變得那麼可心了呢?在這裏隨便選一塊石頭搬到山外，都會被當作奇物供奉起來，但它就是不肯勻出去一點，讓外面的天地長久地開闊在枯燥裏，硬是把精華都集中在一處，自享自美。

水也來湊熱鬧，不知從哪兒跑出來的，這兒一個溪澗，那兒一道瀑布，貼著山石幽幽地流，歡歡地濺。此時外面正炎暑炙人，進山前見過一條大沙河，渾濁的水，白亮的反光，一見之下就平添了幾分煩熱；而在這裏，幾乎每一滴水都是清澈甜涼的了，給整個山谷帶來一種不見風的涼爽。

有了水聲，便引來蟲叫，引來鳥鳴，各種聲腔調門細細地搭配著，有一聲，沒一聲，搭配出一種比寂然無聲更靜的靜。你就被這種靜控制著，腳步、心情、臉色也都變靜。想起了高明的詩人、畫家老是要表現的一種物件：靜女。這種女子，也是美的大集中，五官身材一一看去，沒有一處不妥貼的，於是妥貼成一種難於言傳的寧靜。

山道越走越長，於是寧靜也越來越純。越走又越覺得山道修築得非常完好，完好得與這個幾乎無人的世界不相般配。那些已經溶化成自然的路基，那些磨滑了的石徑，鐫刻下了很早以前曾經有過的繁盛。那時節，無數的屋檐曾從崖石邊飛出，磬鈸聲此起彼伏，僧侶和道士們在山道間拱手相讓，遠道而來的士子們更是指指點點，東張西望。是歷史，是無數雙消失的腳印，是一代代登攀的虔誠，把這條山道連結得那麼通暢，踩踏得那麼殷實，流轉得那麼瀟灑自如。

蘇州是我常去之地。海內美景多的是，唯蘇州，能給我一種真正的休憩。柔婉的言語，姣好的面容，精雅的園林，幽深的街道，處處給人以感官上的寧靜和慰藉。現實生活常常攪得人心志煩亂，那麼，蘇州無數的古蹟會讓你熨帖著歷史定一定情懷。有古蹟必有題詠，大多是古代文人超邁的感歎，讀一讀，那種鳥瞰歷史的達觀又能把你心頭的皺摺慰撫得平平展展。看得多了，也便知道，這些文人大多也是到這裏休憩來的。他們不想在這兒創建偉業，但在事成事敗之後，卻願意到這裏來走走。蘇州，是中國文化寧謐的後院。

做了那麼長時間的後院，我有時不禁感歎，蘇州在中國文化史上的地位是不公平的。歷來很有一些人，在這裏吃飽了，玩足了，風雅夠了，回去就寫鄙薄蘇州的文字。京城史官的眼光，更是很少在蘇州停駐。直到近代，吳儂軟語與玩物喪志同義。

理由是簡明的：蘇州缺少金陵王氣。這裏沒有森然殿闕，只有園林。這裏擺不開戰場，徒造了幾座城門。這裏的曲巷通不過堂皇的官轎，這裏的民風不崇拜肅殺的禁令。這裏的流水太清，這裏的桃花太豔，這裏的彈唱有點撩人。這裏的小食太甜，這裏的女人太俏，這裏的茶館太多，這裏的書肆太密，這裏的書法過於流利，這裏的繪畫不夠蒼涼遒勁，這裏的詩歌缺少易水壯士低啞的喉音。

於是，蘇州，背負著種種罪名，默默地端坐著，迎來送往，安分度日。卻也不願重整衣冠，去領受那份王氣。反正已經老了，去吃那種追隨之苦作甚？

我到過的江南小鎮很多，閉眼就能想見，穿鎮而過的狹窄河道，一座座雕刻精緻的石橋，傍河而築的民居，民居樓板底下就是水，石階的埠頭從樓板下一級級伸出來。女人正在埠頭上

浣洗，而離她們只有幾尺遠的烏篷船上正升起一縷白白的炊煙，炊煙穿過橋洞飄到對岸。對岸河邊有又低又寬的石欄，可坐可躺，幾位老人滿臉寧靜地坐在那裏看著過往船隻。

比之於沈從文筆下的湘西河邊由吊腳樓組成的小鎮，江南小鎮少了那種渾樸奇險，多了一點暢達平穩。它們的前邊沒有險灘，後邊沒有荒漠，因此雖然幽僻卻談不上什麼氣勢。它們大多很有一些年代了，但始終比較滋潤的生活方式並沒有讓它們保留下多少廢墟和遺跡，因此也聽不出多少歷史的浩歎。它們當然有過升沉榮辱，但實在也未曾擺出過太堂皇的場面，因此也不容易產生類似於朱雀橋、烏衣巷的滄桑之慨。總之，無論是它們的歷史路程還是現實風貌，都顯得平實而耐久，狹窄而悠長，就像經緯著它們的條條石板街道。

江南小鎮款款地接待著一個個早年離它遠去的遊子，安慰他們，勸他們在石埠櫓聲邊好生休息。這已成為一種人生範式，在無形之中悄悄控制著外出的志士仁人，使他們常常登高回眸、月夜苦思、夢中輕笑。江南小鎮的美色遠不止於它們自身，而更在於無數行旅者心中的畢生描繪。

如果說我們今天的江南小鎮比過去缺了點什麼，在我看來，缺了一點真正的文化智者，缺了一點隱潛在河邊小巷間的安適書齋，缺了一點足以使這些小鎮產生超越時空的吸引力的藝術靈魂。而這些智者，這些靈魂，現正在大都市的人海中領受真正的自然意義上的「傾軋」。

但願有一天，能讓很多都市鄉愁被鄉鎮炊煙招回，而一座座江南小鎮又重新在文化意義上走向充實。只有這樣，中國文化才能在人格方位和地理方位上實現雙相自立。

山林間的隱蔽往往標榜著一種孤傲，而孤傲的隱蔽終究是不誠懇的。小鎮街市間的隱蔽不僅不必故意地折磨生命，反而可以讓生命熨帖在既清靜又方便的角落，把自身溶化在尋常生態間，因此也就成了隱蔽的最高形態。

對許多中國遊客來說，西湖即便是初遊，也有舊夢重溫的味道。這簡直成了中國文化中的一個常用意象，摩挲中國文化一久，心頭都會有這個湖。

奇怪的是，這個湖遊得再多，也不能在心中真切起來。過於玄豔的造化，會產生了一種疏離，無法與它進行日常交往。正如家常飲食不宜於排場，可讓兒童偎依的奶媽不宜於盛裝，西湖排場太大，妝飾太精，使外來凡人不敢長久安駐。大凡風景絕佳處都讓人有三分畏怯，人與美的關係，竟是如此之蹊蹺。

西湖的盛大，歸攏來說，在於它是極複雜的中國文化人格的集合體。

一切宗教都要到這裏來參加展覽。再避世的，也不能忘情於這裏的熱鬧；再苦寂的，也要分享這裏的一角秀色。佛教勝跡最多，不必一一列述了，即便是超逸到家了的道家，也佔據了一座葛嶺，這是湖畔最先迎接黎明的地方，一早就呼喚著繁密的腳印。作為儒將楷模的岳飛，也躋身於湖濱安息，順便還拖來他的政敵跪在一邊，不言不語，對峙千年。寧靜淡泊的國學大師也會與荒誕奇瑰的神話傳說相鄰而居，各自變成一種可供觀瞻的景致。

綠綠的西湖水，把來到岸邊的各種思想都款款地搖碎，融成一氣，把各色信徒都陶冶成了遊客。也許，我們這個民族，太多的是從西湖出發的遊客，太少的是魯迅筆下的那種過客。過客衣衫破碎，腳下淌血，如此急急地趕路，也在尋找一個生命的湖泊吧？但他如果真走到了西湖邊上，定會被萬千悠閒的遊客看成是乞丐。

中國古典園林不管依傍何種建築流派，都要以靜作為自己的韻律。有了靜，全部構建會組合成一種古箏獨奏般的清麗，而失去了靜，它內在的風致也就不可尋找。

在摩肩接踵的擁擠中遊古典園林，是很叫人傷心的事。如果有一個偶然的機會，或許是大雨剛歇，遊客未至，或許是時值黃昏，庭院冷落，你有幸走在這樣的園林中，就會覺得走進了一種境界，虛虛浮浮而又滿目生輝，幾乎不相信自己往常曾多次來過。

各種雜樹亂枝在它身邊讓開了，它大模大樣地站在一片空地間，讓人們可以看清它的全部姿態。

枝幹虬曲蒼勁，黑黑地纏滿了歲月的皺紋。光看這枝幹，好像早就枯死，只在這裏伸展著一個悲愴的造型。實在難於想像，就在這樣的枝幹頂端，猛地一下湧出了那麼多鮮活的生命。

花瓣黃得不夾一絲混濁，輕得沒有質地，只剩片片色影，嬌怯而透明。整個院子不再有其他色彩，好像葉落枝黃地鬧了一個秋天，天寒地凍地鬧了一個冬天，全是在為這枝臘梅鋪墊。梅瓣在寒風中微微顫動，這種顫動能把整個鉛藍色的天空搖撼。

第十四章 萬里行腳

萬里行腳

痛苦會沉澱成悠閒。

悠閒是痛苦的終結，痛苦是悠閒的代價。

埃及西奈沙漠。

荒涼到什麼程度？好像被猛烈的海嘯沖過，什麼都沒有了，包括海水，只剩下石天石地。或者，根本不是什麼海嘯，它原來就是海底，而海水不知突然到哪裡去了。我覺得眼前的景象只能用這樣的話來概括：海已枯而石未爛；洪水方退，赤日已臨。

黃昏開始來到。

沙地漸漸蒙上了黯青色，而沙山上的陽光卻變得越來越明亮，黃橙橙的色彩真正輝耀出了「燦爛」這個詞的本義。沒過多久，色彩又變，一部分山頭變成爐火色，一部分山頭變成胭脂色。色塊在往頂部縮小，耀眼的成分已經消失，只剩下晚妝般的豔麗。

暮色漸重，遠處的層巒疊嶂全都朦朧在一種青紫色的煙霞中。此時天地間已經沒有任何雜色，只有同一種色調在變換著光影濃淡，這種一致性使暮色都變得宏偉無比。

不久，我們進入了沙漠谷地，兩邊危岩高聳，峭拔猙獰，猛一看，就像是走進了烤焦了的黃山和廬山。天火收取了綠草青松、瀑布流雲，只剩下赤露的筋骨在這兒堆積。

像要安慰什麼，西天還留下一抹柔豔的淡彩，在山岩背脊上撫摸，而沙漠的明月，已朗朗在天。

月光下的沙漠有一種奇異的震撼力，背光處黑如靜海，面光處一派灰銀，卻有一種蝕骨的冷。這種冷與溫度無關，而是就光色和狀態而言的，因此更讓人不寒而慄。這就像，一方堅冰尚能感知，而一副不理會天下萬物的冷眼冷臉，叫人怎麼面對？

晨曦開始張揚，由紅豔變成金輝，在雲嵐間把姿態做盡了。我們平時在城市看日出總是狹窄匆迫，哪會有這樣的寬天闊地慢慢地讓它調色鋪彩？等了很久，旭日的邊沿似乎要出來了，卻湧過來一群沙丘，像是老戲中主角出場時以袖遮臉，而當沙丘終於移盡，眼前已是一輪完整的旭日。此時再轉身看月亮，則已化作一輪比晨夢還淡的霧痕，一不小心就找不到了。

埃及路克索太陽神殿的雄偉石柱，本身就是人類的象徵。人類也來自於泥土，不知什麼時候破土而出、拔地而起、直逼蒼穹。只是有太多的疑難和敬畏需要向上天呈送，於是立了一柱又一柱，每柱都承載著巨量的資訊站立在朝陽夕暉之中。

與它們相比，希臘、羅馬的著名廊柱都嫌小了，更不待說中國的殿柱、廟柱。

巴比倫古城除了這段幾千年前的瀝青路面，再加上前面的一條刻有動物圖像的通道，一座破損的雄獅雕塑以及幾處屋基塔基，其他什麼也沒有了。

亞述人佔領時是放幼發拉底河的水把整個城市淹沒的，以後一次次的戰爭都以對巴比倫的徹底破壞作為一個句號。結果，真正留下的只有一條路，搬不走、燒不毀、淹不倒，失敗者由此逃奔，勝利者由此進入。

這老年的瀝青，巴比倫古城儀仗大道上的惟一存留，不知是後悔還是慶幸幾千年前從地底湧出？

在納夫里亞海濱，我又一次體味了希臘的單純明晰。這些城堡曾經給祖先帶來那麼多痛苦，現在既然功能廢棄，猙獰不再，那就讓它成為景觀，不拆不修，不捧不貶，不驚不咋，也不藉著它們說多少歷史、道多少滄桑。事情已經過去，大家只在海邊釣魚、閑坐、看海。

乾淨的痛苦一定會沉澱，沉澱成悠閒。悠閒是痛苦的終結，痛苦是悠閒的代價。

希臘應該慶幸有一個克里特島，它以一個巨大的未知背景讓希臘文明永久地具有探索色彩。

未知和無知並不是愚昧，真正的愚昧是對未知和無知的否認。

希羅多德對於歷史事件的態度是：「我有記錄的責任，卻沒有相信的義務。」這便是一種希臘式的高貴。

如果全然相信前人的記錄，而且還要強迫他人相信，那就把霸道和愚昧連在一起了，成為最庸俗的文化災難。

世上有很多美好的辭彙，可以分配給歐洲

各個城市，例如精緻、渾樸、繁麗、暢達、古典、新銳、寧謐、舒適、奇崛、神秘、壯觀、肅穆……，其中不少城市還會因為風格交叉而不願意固守一詞，產生爭論。

只有一個詞，它們不會爭，爭到了也不受用，只讓它靜靜安踞在並不明亮的高位上，留給那座惟一的城市。

這個詞叫偉大，這座城市叫羅馬。

偉大是一種隱隱然的氣象，從每一扇舊窗溢出，從每一塊古磚溢出，從每一道雕紋溢出，從每一束老藤溢出。但是，其他城市也有舊窗，也有古磚，也有雕紋，也有老藤，為什麼卻乖乖地自認與偉大無緣？

羅馬的偉大，在於每一個朝代都有格局完整的遺留，每一項遺留都有意氣昂揚的姿態，每一個姿態都經過藝術巨匠的設計，每一個設計都構成了前後左右的和諧，每一種和諧都使時間和空間安詳對視，每一回對視都讓其他城市自愧弗如，知趣避過。

就在寫這篇筆記的三小時前，傍晚時分，我坐在一個長滿亭亭羅馬松的緩坡上俯瞰全城。應該是掌燈時分了，但羅馬城燈光不多，有些黯淡。正想尋找原因，左邊走來一位散步的長者。

正像巴黎的女性在整體氣度上勝過男性，羅馬男人在總體上比羅馬女人更有風範，尤其是頭髮灰白卻尚未衰老的男人，簡直如雕塑一般。更喜歡他們無遮無攔的熱情，連與陌生人打招呼都像老友重逢，爽爽朗朗。此刻我就與這位長者聊上了，我立即問他，羅馬夜間，為什麼不能稍稍明亮一點？

「先生平常住在哪個城市？」他問。

「上海。」我說。

他一聽就笑了，似乎找到了我問題的由來。他說：「哈，我剛去過。上海這些年的變化之大，舉世少有，但是……」他略略遲疑了一下，還是說了出來：「不要太美國。」

細問之下，才知他主要是指新建築的風格和夜間燈光，那麼，也算回答了我的問題。

他把頭轉向燈光黯淡的羅馬，說：「一座城市既然有了歷史的光輝，就不必再用燈光來製造明亮。」

我並不完全同意，但心裏也承認這種說法非常大氣。不幸的是，正是這種說法，消解了他剛剛對美國和上海的批評，變成了自相矛盾。因為在羅馬面前，美國和上海都沒有歷史，它們不能像羅馬那樣懷抱著幾千年的安詳，在黑暗中入夢，必須點亮燈光，夜以繼日地書寫今天的歷史。

只有柏林，隱隱然回蕩著一種讓人不敢過於靠近的奇特氣勢。

我之所指，非街道，非建築，而是一種躲在一切背後的縹緲浮動或寂然不動；看不見，摸不著，卻是一種足以包圍感官的四處瀰漫或四處聚合；說不清，道不明，卻引起了各國政治家的千言萬語或冷然不語……

羅馬也有氣勢，那是一種詩情蒼老的遠年陳示；巴黎也有氣勢，那是一種熱烈高雅的文化

聚會；倫敦也有氣勢，那是一種繁忙有序的都市風範。柏林與它們全然不同，它並不年老，到十三世紀中葉還只是一個小小的貨商集散地，比羅馬建城晚了足足兩千年，比倫敦建城晚了一千多年，比巴黎建城也晚了六百多年，但它卻顯得比誰都老練含蓄，靜靜地讓人捉摸不透。

既然這裡又成了統一的德國的首都，那麼我們就要用自己的腳步和眼睛追問一些有關德國的難題。例如——

人類一共就遇到過兩次世界大戰，兩次都是它策動，又都是它慘敗，那麼，它究竟如何看待世界，看待人類？

在策動世界大戰前藝術文化已經光芒萬丈，遭到慘敗後經濟恢復又突飛猛進，是一種什麼力量，能使它在喧囂野蠻背後，保存起沉靜而強大的高貴？

歷史上它的思想啟蒙運動遠比法國緩慢、曲折和隱蔽，卻為什麼能在這種落後狀態中悄然湧出萊辛、康得、黑格爾、費爾巴哈這樣的精神巨擘而雄視歐洲？有人說所有的西方哲學都是用德語寫的，為什麼它能在如此抽象的領域後來居上、獨佔鰲頭？

一個民族的邪惡行為必然導致這個民族的思維方式在世人面前大幅度貶值，為什麼唯有這片土地，世人一方面嚴厲地向它追討生存的尊嚴，一方面又恭敬地向它索求思維的尊嚴為它的文化價值，為什麼能浮懸在災難之上不受污染？

歌德曾經說過，德意志人就個體而言十分理智，而整體卻經常迷路。這已經被歷史反覆證明，問題是，是什麼力量能讓理智的個體迷失得那麼整齊？迷失之後又不讓個人理智完全喪失？

季辛吉說，近三百年，歐洲的穩定取決於德國。一個經常迷路的群體究竟憑著什麼支點來頻頻左右全歐，連聲勢浩大的拿破崙戰爭也輸它一籌？

俄羅斯總統普京冷戰時代曾在德國做過情報工作，當選總統後宣佈，經濟走德國的路，世人都說他這項情報做得不錯。那麼，以社會公平和人道精神為目標的「社會市場經濟」，為什麼偏偏能成功地實施於人道紀錄不佳的德國？

……

這些問題都會有一些具體的答案，但我覺得，所有的答案都會與那種隱隱然的氣勢、冥冥間的精神有關。

世上真正的大問題都鴻蒙難解，過於清晰的回答只是一種邏輯安慰。我寧肯接受像趙鑫珊先生那樣詩意的說法：「在德意志民族的性格裏頭，好像有種大森林的氣質：深沉、內向、穩重和靜穆。」

泰勒說，德國人有過空前的自由，又有過空前的專制，卻未曾有過溫和、中庸。這就很像森林，有沖天喬木憂鬱問天，也有荊棘刺藤遍地蔓延，有神性，也有魔性，都是極端化的存在，可以敬之仰之，恨之斬之，卻很難找到一個庸俗無聊的平台。至於迷路，也只有在森林裏才迷得生生一線、地覆天翻。

現在，這個森林裏瑞氣上升，祥雲盤旋，但森林終究是森林，不歡悅，不敞亮，靜靜地茂盛勃發，一眼望去，不知深淺。

一路行來，最健全的城市還是巴黎。

它幾乎具有別的城市的一切優點和缺點，而且把它們一起放大，推向極致。你可以一次次讚歎，一次次皺眉，最後還會想起波德萊爾的詩句：「萬惡之都，我愛你！」

正像我們掄起一拳擂到朋友肩上：「這個壞蛋，真想你！」

它高傲，但它寬容，高傲是寬容的資本。相比之下，有不少城市因高傲而作繭自縛，冷眼傲世，少了那份熱情；而更多的城市則因寬容而擴充了污濁，鼓勵了庸俗，降低了等級，少了那份軒昂。一個人可以不熱情、不軒昂，一座城市卻不可。這就像一頭動物體形大了，就需要有一種基本的支撐力，既不能失血，又不能斷骨，否則就會癱成一堆，再也無法爬起。熱情是城市之血，軒昂是城市之骨。難得它，巴黎，氣血飽滿，骨肉勻亭。

它悠閒，但它努力，因此悠閒得神采奕奕。相比之下，世上有不少城市因閒散而長期無所作為，連外來遊人也跟著它們困倦起來；而更多的城市尤其是亞洲的城市則因忙碌奔波而神不守舍，失去了只有在暮秋的靜晤中才能展現的韻味。巴黎正好，又閑又忙，不閑不忙。在這樣的城市裏多住一陣，連生命也會變得自在起來。

以色列一邊的死海。

一切物象都在比賽著淡，明月淡，水中的月影更淡。嵌在中間的山脈本應濃一點，不知怎麼變成了一痕淡紫，而從西邊反射過來的霞光只在淡紫的外緣加了幾分暖意。這樣一來，水天之間一派寥廓，不再有物象，更不再有細節，只剩下極收斂的和諧光色。我想，如果把東山魁夷最朦朧的山水畫在它未乾之時再用清水漂洗一次，大概就是眼前的景色。

這種景色，真可謂天下異象，放在通向耶路撒冷的路邊，再合適不過。耶路撒冷，古往今來無數尋找它的腳步走到這裏都已激動得微微發顫，當然應該有這番純淨的淡彩來輕輕安撫，邊安撫邊告示：一個朝聖的儀式在此開始。

不知哪裡燃了幾排蠟燭，幾經折射變成了沒有止境的燭海，沉重的夜幕又讓燭海近似於星海，只不過每顆星星都是撲撲騰騰的小火苗。這些小火苗都是那些孩子吧？耳邊傳來極輕的男低音，含糊而殷切，是父親們在囑咐孩子，還是歷史老人在悲愴地嘟噥？

它只是它，世界第一流的建築，只以童話般的晶瑩單純完成全部征服。我從門縫裡見到泰姬陵時只有一個想法，它太像

人——世間最傑出的人是無法描述的，但一眼就能發現與眾不同。有點孤獨，有點不合群，自成一種氣氛，又掩不住外溢的光輝，任何人都無法模仿。

我堅持否認波斯文明的雄魂在德黑蘭或在伊斯法罕的說法，儘管這些地方近幾個世紀以來最繁榮也最重要。波斯文明的雄魂一定仍然在波塞波里斯、設拉子一帶遊蕩，兩千多年來沒再挪移。遊蕩在崇山荒漠間，遊蕩在斷壁殘照裡。它沒有理由挪移，也沒有挪移的形象。

就自然景觀而言，我很喜歡伊朗。它最大的優點是不單調。既不是永遠的荒涼大漠，也不是永遠的綠草如茵，而是變化多端，豐富之極。

雪山在遠處銀亮得聖潔，近處一片駝黃。一排排林木不作其他顏色，全都以差不多的調子薰著呵著，托著襯著，哄著護著。有時怕單調，來一排十來公里的白楊林，像油畫家用細韌的筆鋒畫出的白痕。有時則稍稍加一點淡綠或酒紅，成片成片地融入駝黃的總色譜，一點也不跳躍刺眼。一道雪山融水在林下橫過，泛著銀白的天光，但很快又消失於原野，不見蹤影。

伊朗土地的主調，不是虛張聲勢的蒼涼感，不是故弄玄虛的神秘感，也不是炊煙繚繞的世俗感。有點蒼涼，有點神秘，也有點世俗，一切都被綜合成一種有待擺佈的詩意。

這樣的河山，出現偉大時一定氣韻軒昂，蒙受災難時一定悲情漫漫，處於平和時一定淡然漠然。它本身沒有太大的主調，只等歷史來濃濃地渲染。

離開北姆不到一小時我們就遇到了沙漠風暴。但見一片昏天黑地，車窗車身上沙石的撞擊聲如急雨驟臨。車只能開得很慢，卻又不敢停下，沙流像一條條黃龍一般在瀝青路面上橫穿。兩邊的沙地上突然出現了很多飛動的白氣流，但飛動的速度不快，倒像蒸籠邊的蒸汽，與耳邊呼呼的風聲相比顯得很悠閒，使我聯想到在奔騰而下的瀑布前也常常有一種似乎沒有快速瀉落的水光，高高低低地移動著，讓人誤以為瀑布竟如此悠閒。處在這種風暴中最大的擔憂是不知它會加強到什麼程度，車隊一下子變得很渺小，任憑天地間那雙巨手隨意發落。

約旦佩特拉。

山口有一道裂縫，深不見底，一步踏入，只見兩邊的峭壁齊齊地讓開七八米左右，形成一條彎曲而又平整的甬道。高處的天與腳下的道，形成兩條平行的窄線。連接兩條窄線的峭壁，有的作刀切狀，有的作淋掛狀，但全部都是玫瑰紅，中間攙一些赭色的紋、白色的波，一路明豔，一路喜氣，款款曼曼地舒展進去。不知走了多少路、轉了多少彎，心中卻一點也不慌，因為由藍天跟著，有玫瑰紅伴著，前面一定吉祥。

果然是紅海。沙漠與海水直接碰撞，中間沒有任何泥灘，於是這裏出現了真正的純淨，以水洗沙，以沙濾水，多少萬年下來，不再留下一絲污痕，只剩下淨黃和淨藍。海水的藍色就像顏料傾盡，彷彿天下的一切藍色都由這裏輸出。但它居然擰著勁兒叫紅海，又讓如此透徹的黃沙在襯邊，分明下狠心要把紅、黃、藍三原色全數霸佔。

像地圖一樣，海面藍色的深淺正反映了海底的深淺。淺海處，一眼可見密密層層色彩斑斕的珊瑚礁，比珊瑚更豔麗的魚群遊弋其間。海底也有峽谷，珊瑚礁和白沙原猛地滑落於懸崖之下，當然也滑出了我們的視線。那兒有多深不知道，只見深淵上方飄動著灰色沙霧，就像險峰頂端的雲霧。再往前又出現了高坡，海底生物的雜陳比人間最奢華的百花園還要密集和光鮮，陽光透過水波搖曳著它們，真說得上姿色萬千。這一切居然與沙漠咫尺之間，實在讓人難於想像。

最恣肆的汪洋直逼著百世乾涸，最繁密的熱鬧緊鄰著千里單調，最放縱的遊弋熨帖著萬古冷漠，竟然早已全部安排妥當，不需要人類指點，甚至根本沒有留出人的地位。

從約旦進伊拉克。

我們清晨四時出發，在約旦境內看到太陽從沙海裏升起，現在又看著它漸漸輝耀於頭頂，再在我們的百無聊賴中移向西邊，終於在滿天淒豔的血紅中沉落於沙漠。就在這一刻，我怦然

心動，覺得這淒豔的血紅一定是這片土地最穩固的遺留。

一次次輝煌和一次次敗落，都有這個背景，都有像我一般的荒漠佇立者。他們眼中看到的，是晚霞中的萬千金頂，還是夕陽下的屍橫遍野？

我今天沒有看到這一些，只看到在骯髒和瑣碎中不把時間當時間，不把尊嚴當尊嚴。想想也是，這片最古老的土地，說起四五百年就像在說一瞬間，而對勝敗尊卑，早已疲鈍得不值一談。

底格里斯河千載如一，無聲流淌，而人類生態的最根本部位其實也沒有發生多大變化。狄德羅說，現代的精緻是沒有詩意的，真正的詩意在歷久不變的原始生態中，就像這河灘烤魚。又想起以前在哪本書裏讀到，好像是在阿拉伯歷史學家寫的書裏吧，早在西元六世紀，中國商船就曾從波斯灣進入兩河，停泊在巴比倫城附近。那麼，中國商人也應該在河灘的石火塘前吃過烤魚。吃了幾口就舉頭凝思，悠悠地對比著故國江南蟹肥蝦蹦時節的切膾功夫。

世界各國的文明人都喜歡來尼泊爾，不是來尋訪古蹟，而是來沉浸自然。這裏的自然，無論是喜馬拉雅山還是原始森林，都比任何一種人類文明要早得多。沒想到人類苦苦折騰了幾千年，最喜歡的並不是自己的創造物。

海參崴的海與別處不同，深灰色的迷蒙中透露出巨大的恐怖。我們瞇縫著眼睛，把脖子縮進衣領，立即成了大自然凜冽威儀下的可憐小蟲。

其實豈止是我們，連海鷗也只在岸邊盤旋，不敢遠翔，四五條獵犬在沙灘上對著海浪狂吠，但才吠幾聲又縮腳逃回。逃回後又回頭吠叫，嗚嗚的風聲中永遠夾帶著這種悽惶的吠叫聲，直到深更半夜。

只有幾艘兵艦在海霧中隱約，海霧濃了它們就淡，海霧淡了它們就濃，有時以為它們駛走了，定睛一看還在，看了幾天都沒有移動的跡象，就像一座座千古冰山。

我們在海邊說話，儘量壓低了聲音，怕驚動了冥冥中的什麼。

第十五章 審美境界

審美境界

藝術是貫通人類始終的纜索，是維繫人類不墜的韁繩。
藝術家有國籍，但藝術無國界。

美國一位早期政治家曾留下這樣一段話：我們這輩人騎在馬背上征戰，為的是我們兒子一代能夠從事科學和哲學，為的是我們孫子一代能夠從事音樂和舞蹈。

他的傳代概念當然是一種比擬，傳達出他內心的人性目標。

當第二次世界大戰剛剛結束，歐洲很多地方還是一片廢墟的時候，還沒有修復的音樂廳開始演出了。大量衣衫不整、家破人亡的倖存者聚集在一起，讓音樂把自己拔離災難。從這些廢墟音樂會，人們已可看到今日的歐洲。

藝術，是人之為人的一種素質，是人們在誤會與煩躁中進行美好溝通的一種可能，是人類為使自身免於陷入淺薄功利而發出的一次次提醒。在遠古，藝術使我們的祖先在難於想像的苦難中進入遊戲，在遊戲中融入群體、融入造型、融入宗教；在現代，藝術使我們從熙攘紛擾中超拔出來，領略宇宙，開掘生命，回歸本真。藝術是貫通人類始終的纜索，是維繫人類不墜的

韁繩。

時間的篩選會使原本重要的人和事漸漸變得不重要，相反，又會使原本不重要的反而顯得重要起來。一層層篩選，一次次過濾，最終凸現於歷史的那批人中，居然有很大一部分是藝術家。想當初，滿朝權貴豪強哪裡看得起這些樂師、畫匠、詩人、文士呢？但在千百年後人們的心目中，那個時代往往是以藝術家的名字命名的，權貴豪強們再有名，最多也只是藝術家大名下的「同時代人」罷了。

為什麼歷史的筆墨特別垂青於藝術呢？這裏透露了人類的一些終極性追求。

藝術是人類殷切企盼健全的夢，它以不斷戰勝狹隘性作為自己存在的基點。藝術的靈魂，首先體現為一種充分釋放、自由創造、積極賦型的人格素質。這種素質或多或少在每個人心底潛藏，因而每個正常人都能成為各種藝術深淺不同的接受者。照理大家也有可能成為創造者的，但終於遇到了約束和分割，藝術創造的職能大多集中到了一批稱之為藝術家的特殊人物身上。

藝術的創造當然會受到不同人種、地域、文化傳統和社會思潮的制約，但就其終極性的意義而言，卻是人類的共同事業。

藝術家有國籍，但藝術無國界。

我們可以寫出長長一串中外藝術大師的名單，是他們，使人類適應了可以構成層累的各種美的氣度、美的神貌、美的心緒、美的情境。他們以他們的作品創造了一部使人類漸漸適應由低到高的文明的歷史，即使是我們，身心之上也深深地留著他們塑揑我們的指印。我們短暫的一生，很可看成是人類歷史的縮影：藝術的寶庫在我們眼前橫亙成一個系列，隨著我們年歲增長，不斷幫助我們創造適應，又突破適應。終於，我們成了一個比較健全的人。

藝術，固然不能與世隔絕，但它的立身之本卻是超功利的。大量的社會歷史內容一旦進入藝術，便受到美的提純和蒸餾，凝聚成審美的語言來呼喚人的精神世界。

藝術是自由的象徵，是理想人生的先期直觀，是人的精神優勢的感性吐露，是世俗情感的審美淨化。藝術對人生的塑造，即以此為目標。

思想控制、科舉引誘、牢獄威脅，這三項，幾乎剝奪了當時所有藝術家的自由，因而實際上也就是扼殺了一切真正的藝術家。明代初年文化界的岑寂，也本源於此。

自由，尤其是精神自由，是一代文化的靈魂和動力。不要蒼白的嚴整，寧肯要離亂中的自由精神；不要狹窄的雲梯，寧肯要草莽中的自由奔突；不要堂皇的典籍，寧肯要粗聲豪氣的自由言語。自由，自由，自由！平穩的朱明王朝剝奪了這種自由，因而也就消除了文藝所必須的吸附力和精神活力。這一切，即便在戰亂中也沒有被剝奪得那麼多。一個民族的精神失去了自由，也就失去了自身，它就會被帝王意志、正統意念所取代，它不得不沉睡了。

直到今天，我們還沒有很多生命力強健的現代藝術家來震撼大地，致使人們常常過著一種缺少藝術激動的生活。什麼時候，能再出幾個像徐渭這樣的畫家，他們或悲或喜的生命信號照亮了廣闊的天域，哪怕再不懂藝術的老百姓也由衷地熱愛他們，編出各種故事來代代相傳？或者像朱耷這樣，只冷冷地躲在一邊畫著，而幾百年後的大師們卻想倒趕過來做他的僕人？

任何時代的任何民眾，都有可能彙成湧向某個現代藝術家的歡呼激潮。現代藝術家在哪裡？請從瑣碎的筆墨趣味中再往前邁一步吧，人民和歷史最終接受的，是坦誠而透徹的生命。

我非常喜歡的王羲之、王獻之父子的幾個傳本法帖，大多是生活便條。只是為了一件瑣事，提筆信手塗了幾句，完全不是為了讓人珍藏和懸掛。今天看來，用這樣美妙絕倫的字寫便條實在太奢侈了，而在他們卻是再自然不過的事情。接受這張便條的人或許眼睛一亮，卻也並不驚駭萬狀。於是，一種包括書寫者、接受者和周圍無數相類似文人在內的整體文化氣韻，就在這短短的便條中洩露無遺。在這裏，藝術的生活化和生活的藝術化相溶相依，一支毛筆並不意味著一種特殊的職業和手藝，而是點化了日常生活的經絡系統。我相信，後代習摹二王而唯妙唯肖的人不少，但誰也不能把當初寫這些便條的隨意性學到家。

人至少要在有可能與自然對峙的時候，才會釀造美。在這種對峙中，有時人明確無誤地戰勝了自然，產生了一種鬆快愉悅的美；有時人與自然較量得十分吃力，兩相憋勁，勢均力敵，那就會產生峻厲、莊嚴、扣人心弦的悲劇美。

由於後一種美襯托了人類嚴峻的生存狀態，考驗了人類終極性的生命力，因此顯得格外動人心魄。人類的生活方式可以日新月異，但這種終極性的體驗卻有永久價值。歷史上一切真正懂藝術的人總會著迷於這種美學形態，從希臘悲劇到種種原始藝術總是成為經久不衰的審美熱點。相比之下，那種過於整飭、圓熟的審美格局反射了人對自然的淩駕狀態，可以讓人產生一種舒坦感，卻無法對應出生命考驗。

雖然從道理上說美醜的對峙壁壘森嚴，它們在接壤處的分界卻顫若遊絲、晃動不定。大美大醜起之於小美小醜，而對小美小醜的分辨卻十分困難，需要有慧眼來引領，有程式來規範。

客觀景物只提供一種審美可能，而不同的遊人才使這種可能獲得不同程度的實現。蘇東坡以自己的精神力量給黃州的自然景物注入了意味，而正是這種意味，使無生命的自然形式變成美。因此不妨說，蘇東坡不僅是黃州自然美的發現者，而且也是黃州自然美的確定者和構建者。

但是，事情的複雜性在於，自然美也可倒過來對人進行確定和構建。蘇東坡成全了黃州，黃州也成全了蘇東坡，這實在是一種相輔相成的有趣關係。蘇東坡寫於黃州的那些傑作，既宣告著黃州進入了一個新的美學等級，也宣告著蘇東坡進入了一個新的人生階段。兩方面一起提升，誰也離不開誰。

審美境界，有可能高於鐵血征戰。

戰爭雙方，如果沒有逾越人類公理的底線，那麼隨著時間的推移，最後留下的只有意志的比照、智謀的競賽、人格的對壘，成為永久的話由、寫作的題材。《三國演義》裏的馬蹄硝煙，蘇東坡如此悠悠緬懷，羅貫中如此娓娓道來，只因為那已是審美意義上的征戰。

滑鐵盧的戰事之所以與敦克爾克大撤退、諾曼地登陸不同，是因為戰爭雙方都沒有逾越人類公理，因此一起成了後代的審美物件。審美一旦開始，勝敗立即退居很次要的地位，人們投注的是人格視線。即便是匹馬夕陽、荒原獨吼，也會籠罩著悲劇美。因此，拿破崙就有了超越威靈頓的巨大優勢，正好與勝敗相反。

審美心理曲線是一條長長的拋物線，以值得關注的奇異強勢作為起點。人們關注拿破崙由來已久，尤其是他從放逐的小島直奔巴黎搶回皇位的傳奇，即使不喜歡他的人也會聲聲驚歎。滑鐵盧只是那個漂亮行程的一個終點。可憐威靈頓，雖然勝利，卻只有點而沒有線。誰有那麼好的視力去關注一個孤零零的點呢，因此難怪連今天參觀滑鐵盧遺址的比利時小學生也不知道他，反而爬著他的勝利高坡，來懷念他的手下敗將。

其實豈止是今天的小學生，即便是戰事結束不久，即便不是法國人，大家說起滑鐵盧，也已經作為一個代表失敗的辭彙。可見，人們都把拿破崙當作了主體，都不自覺地站到了他的一邊。

美永不凝固。即使是處於凝固狀態的雕塑，也會在變動的社會生活中緩緩地變易著它們的

美學內涵，與不同時代的觀賞者互通聲息。許多希臘雕塑如維納斯在近代世界上所煥發的美學內涵，與它們剛剛脫胎成型之時已有很大的不同。

藝術創造是人類精神活動中隨意性最大的一種行為。作家寫出這一句，畫家畫出那一筆，都沒有什麼必然性。只有當寫出來、畫出來之後，才成為事實。在整個藝術領域裏，哪個藝術家與哪種題材、哪種情感發生了偶然的衝撞，既不可預知，也無法追索。哪個藝術家什麼時候產生了什麼靈感，更是神不知鬼不覺的千古秘事。

根本無法預料，明年，下個月，甚至明天，中國藝術界是否會冒出一個萬人矚目的天才。

創作也有艱苦性，但這是一種在文思阻塞時長久期待的艱辛，而不是「寫不出硬寫」式的拼搏。在創作的實際過程中，永遠需要進退自如、左右逢源、縱橫捭闔的心態。不要執持太甚，不要膠著太久，不要鑽之過深，不要爬剔過細。總而言之，要從容不迫地把握住自己心靈的音量，調停有度地發揮好自己的創造力。

要如此，就自然會產生真切、天籟、渾然、澄澈的佳作。

一代藝術不能沒有最高代表，但最高代表往往是孤獨的，違逆常規的。因此，頂峰很可能是它巨大基座的叛逆者。那就請注意了，某個時刻，當一個龐大的群體都在對一個人口誅筆伐，而且毫無理由地不斷延續，那麼，一個希望出現了。這個龐大的群體，正在用這種方法推舉自己的領袖人物。

對藝術創造者來說，應該理直氣壯地尊重自己的藝術直覺，這實際上也是對欣賞者的藝術直覺的尊重。當更多的藝術家認識到這一點的時候，藝術領域才會出現空前的真誠和豐富，以刷新民族的視聽。

我們喜歡生活在這樣一個世界中：人人都能直覺別人、又被別人直覺。

即便是隱藏在心靈深處的美醜，也會在他的氣度、勢態、神色、談吐中呈現出來。藝術主要靠這一途徑來把握人，而不是靠那種敘述出身、經歷、背景、籍貫等外在方法。誠然，也有人會偽善地遮蓋自己的真相，但在高明的藝術家手上，偽善本身也可以體現為直覺。

在藝術中，只有片面才有個性，只有片面才有多元。林林總總、參差不齊的片面，終究會在大體上構成一種自然而然的「生態平衡」。處處整齊劃一，乍一看最平衡了，卻不是「生態平衡」，因為那裡固然不愁不平衡，卻沒有「生態」。

我們的藝術領域，必須以各守片面的互補關係來代替各自完滿的互斥關係。這裏有一個奇怪的歷史現象：充分呈示個性的藝術家因為深知自己的片面和狹隘，因此在總體上會產生一種多元意向，相反，看似不分彼此的大一統，因人人爭做典範，最容易滋生互貶、互斥糾紛。

在我們的藝術領域，最被獎勵的往往是那些技巧嫺熟、章法考究卻「其俗在骨」的作品。

「構思過度」對藝術創作是一種危害，營養過度對健康是一種摧殘，而江河湖泊水質中的

營養過度，實際上是一種污染。智慧也是一樣，過分地運用在不恰當的地方，就會導向災難。

大學裡的藝術理論課，也許是藝術理論最正規的展示處所。多數聽課的學生可能畢其一生不再系統地接受另一種藝術理論，於是也就有「一次造型」的性質。然而，可惜的是，這種正規展示，長期處於一種極為簡陋、武斷、枯竭的狀態，使學生不明白人類存在的終極意義如何與藝術溝通，不清楚世界歷史上曾出現過哪些真正的藝術奇蹟，以及這些奇蹟出現的原因。更嚴重的是，很多大學在這種課程中灌輸一種「負面批評心理」，使得學生不會以正常的心態欣賞音樂、舞蹈、繪畫、戲劇、文學，還沒有進入欣賞狀態就生愣愣地在腦海中豎起了一排教條的籬笆，成天既幼稚又囂張地包圍為數極少的創造者，一味地謾罵和詆毀；藝術畏懼他們，他們也畏懼藝術，藝術本會讓人們變得更可愛，卻使他們失去了可愛。造成這種悲劇的原因多種多樣，其中之一是大學裏的藝術理論課，或曰藝術詆毀課，給了他們最初的誤會。

藝術史上任何一種範型都不可能永恒不衰。崑曲無可挽回地衰落了，這是不必惋歎的歷史必然。它曾經有過的輝煌無法阻止它的衰落，而它的衰落也無法否定它的輝煌。一切輝煌都會有神秘的遺傳，而遺傳的長度和廣度卻會驗證造成輝煌的質樸本原，那也就是中國人審美心理定勢的本原。

劇場感知，是觀眾心理的充分舒展。觀眾來看戲，一般總是暢開胸襟，特地來承受刺激的。這樣，他們就解除了生活中的架勢和設防，整個心理器官處於一種柔和狀態。契訶夫的小說《小公務員之死》，寫一個小公務員在看戲時因打噴嚏而驚擾了前排的一位將軍，竟惶恐至死。但是，人們記得，那是他從舒展的觀劇狀態中突然驚醒，才意識到自己與將軍之間客觀存在的森嚴界限的。在看戲時，「他凝神瞧著，覺得幸福極了」，與前排將軍沒有什麼區別。可見，真正看戲，審美感知處於一種放鬆狀態，而一旦離開這種狀態，也就很難真正地看戲。

懸念作用於觀眾注意力的多種功能：

——對於不知劇情的觀眾，劇作家所運用的保密和透露相結合的辦法能夠激發他們猜測的興趣；

——對於粗知劇情的觀眾，吸引他的是劇情的展開方式，更是自己對劇中人種種反應的設想和期待；

——對於熟知劇情的觀眾，他們願意長時間地享受自己早已洞察一切的優越感，來俯視劇中人；

——對於熟知劇情的觀眾，如果他們是戲劇家，劇中為操縱觀眾心理程式所設置的懸念技巧也能引起他們極大的注意……

總之，懸念之設，對於保持觀眾的注意力，可以從各個不同的方向發揮作用。在這個問題上需要反對的兩種傾向，一是一覽無餘，二是徹底保密。世界各國的戲劇風格各呈千秋，但一切有見識的戲劇家都不約而同地不贊成這兩個極端，因為它們都不能吸引和保持觀眾的長時間注意。

中國傳統戲曲花映月掩，曲徑通幽，歷來反對直露簡陋，但也明顯地抵拒那種頗費猜詳的戲劇方式。總的說來，中國觀眾更流連那種居高臨下、比較超逸的欣賞態度，不喜歡在劇場中花費太多的心力。

許多戲劇家都認識到一覽無餘的危害，所以他們都不謀而合地主張要使劇情「猜不著」。「猜不著」，就是懸念的一個重要特徵。

但是，如果完全猜不著，觀眾是否還有繼續猜的興趣呢？生活經驗和觀劇經驗告訴人們，興趣的產生，恰如黑夜踽行，如果伸手不見五指，失去了探尋路途的任何希望，那也就失去探尋的興趣了，只有給予一線光亮，無論是濃黑

天際的一道微曦，無論是黝黝叢山間的一星孤燈，無論是數里之外的一堆野燒，才會給夜行者帶來生機。於是，懸念的設置，不能使觀眾完全猜不著。

對於過分和懈怠這兩個常見的藝術弊病，莎士比亞更需要人們警惕的是過分。莎士比亞主張，在編劇方面應該採取「一種老老實實的寫法」，即「戲裏沒有濫加提味的作料，字裏行間毫無矯揉造作的痕跡」，只有這樣，才可能成為「一本絕妙的戲劇」。在表演方面，「必須取得一種節制，免得流於過火」。莎士比亞非常不滿意於那種老是把手在空中搖揮，走路大搖大擺，說話使勁叫喊的演員，一定要勸他們把動作放溫文些，即使在洪水暴風一樣的感情激發之時也要表演得有節制。有的演員可能是想以此來賺取劇場效果，莎士比亞認為，「雖然可以博外行的觀眾一笑，明眼之士卻要因此而皺眉」，因為「任何過分的表現都是和藝術的原意相反」。

想像中的景物往往比實際景物模糊而曠遠。正是這種模糊和曠遠，擴大了審美物件的容量和伸縮度。難於訴諸實像的事物，最好都交付給觀眾的想像。蓋叫天說，在戲曲表演中，「青山、白雲、亂石嵯峨的山峰和崎嶇不平的山路，都要靠演員的身段給表現出來，讓觀眾隨同演員身歷其境地一起生活在這幻景中。」從演員的身段所想像出來的自然幻境，可以讓每個觀眾拿出自己生平見過的最巍峨的高山、最開闊的雲天加入進去，整片印象反強於實景無數。

藝術欣賞中的思考，不是學術思維論文，不是智力遊戲，不是強制領會，也沒有預定答案。其結果，是意會，是神交，是頓悟，是心有所感而不必道之的那種境界。

觀眾與觀眾之間的傳染性，有可能產生濃烈的劇場效果，但也可能干擾演出。人在劇場中，比在生活中更加靈敏和脆弱。觀眾是比較輕信的，對於劇情和鄰座的反應都是如此。一個在生活中像頑石般一樣堅定而木然的人，一旦置身於帷幕前、池座間，就會發生很大的變化。鄰座一聲輕輕的抽泣，可以使他的心弦一顫，而鄰座所發出的不信任的一哼，也可以在他的目光中蒙上一層疑慮。即使是一個對所演的劇目極有信心的戲劇家，也很怕與那些審美趣味迴異的觀眾一起看戲，這本身就表現了他審美心理的脆弱性。在劇場之中，不滿的星星之火會燃成一片大火，把整個演出葬送。在演員目光中，這種傳染不啻是一場瘟疫。

黑格爾舉歌德的詩劇《葛茲・封・伯利興根》的不成功為例，說明缺少概括力的平淡瑣細的表現方式，是美在形式方面的速朽性因素。他認為一個戲劇作品應該既有不平常的吸引力，又使觀眾親切易解。太瑣細會使目前的觀眾乏味，又會使今後的觀眾不解。相反，只有那種具有高度概括力的藝術方式，才能有較長的生命。按傳統的看法，這種藝術方式應該有比較緊張強烈的情節安排，比較完整曉暢的結構外形。緊張強烈，顯然是為了把後代觀眾拉入作品；完整曉暢，為的是易解，因為對於後代來說，一個完整的生疏事物遠比它們的碎片更容易理解。

藝術的長遠生命力，總是包藏於一個易於被後代接受的藝術形式中。審美的生疏化的出現，就是美的朽逝的開始。

喜劇作家大多避免喜劇人物與觀眾的情感勾連，因而常用誇張手法把他們表現得反常、怪異，讓觀眾面對他們產生一種強烈的疏遠感和自身優越感，能放心地嘲笑他們。一切能夠誘發觀眾對譏諷物件情感趨近的行為，常常被喜劇作家故意打亂。在悲劇中，情感的地位首當其衝，而在喜劇中，理智和思想的地位十分顯赫。

喜劇只需要一種「從外部進行的觀察」。喜劇作家很難從自己的內心挖掘出喜劇因素來，「因為只有在我們身上的某一方面逃脫意識控制的時候，我們才會變得可笑」；同時，也不能深入意識內層，因為一深入就會接通因果關係，而有合理因果關係的事物是不可笑的。因此只能浮光掠影、淺嘗輒止。

在當代藝術家看來，喜劇之美和悲劇之美是不能分開的。樂極生悲，悲極釀笑，而且在沒到極點時已悲喜難分。美國報紙報導，一個傷殘了的越戰老兵生活無望，跳河自殺，但沒有想到，他的木質假腿使他沉不下去。這個景象，細想起來，我們淚中有笑，笑中有淚，極可笑處正是極可悲處，因此構成震撼。相比之下，純粹的悲或純粹的喜，都單薄了。

一切都是「不言而喻、自然而然」的惰性審美狀態，看似輕鬆流暢，實則必然會導致審美的圓熟化和淺薄化。不含纖維素、不必費咀嚼之功的提純食品很難成為美食，食之既久還會敗壞腸胃；觀看起來完全不必耗費心力的輕鬆戲劇，一旦瀰漫劇壇，也會敗壞觀眾。

因此，布萊希特要用「間離效果」把圓熟化的審美定勢打斷，讓觀眾驚醒在思維的懸崖口。保守派美學引誘大家固守惰性審美，因為那裏有經典；創新派美學呼籲大家擺脫惰性審美，因為希望在未來。

第十六章 寫作感受

寫作感受

寫作人自己也是讀者，總該從自己的閱讀心理上領悟：不存在永遠的讀者，不存在那個契約。

我的寫作，就像我向擁擠的人群遞過去一個笑容。接受我笑容的只有幾個路人，引起反應的更少，但他們因我的笑容而增添了一點喜悅，也給別人露出了笑容。

笑容傳遞下去了，其中有些人，養成了向路人微笑的習慣。

當然，笑容的比喻過於單純，還可增加一些表情。例如，傳遞給世間的是一份端莊，一份從容，一份憂慮，一份急切……

總之，傳遞出人之為人的正常表情，把世間的不良表情，擠到角落。

哪怕寫了一輩子，寫到最後一篇文章，也不要企盼讀者的信任慣性。寫壞最後一篇文章是極有可能的事，到時候只能再一次領悟：我與讀者未曾簽約。

讀者沒有義務非要去讀哪一位作家的作品不可。這一點，初學寫作的人大多明白，但當他稍有名氣，往往就迷惑了，以為自己有了一個穩定的讀者群，自己的名字就是契約。

寫作人自己也是讀者，總該從自己的閱讀心理上領悟：不存在永遠的讀者，不存在那個契約。

寫作人，什麼時候都沒有理由自我放任、鬆鬆垮垮，讓讀者去聽你的胡亂閒聊、重覆嘮叨。每一篇都是一個新開始，每一句都有一份新誠懇。曾國藩說，立身處世，在乎敬、誠二字，寫作人也要每時每刻以敬、誠面對讀者。不管以前的文章已經為你添加了多少聲勢，你也不可以仗勢欺人；不管以前的文章已經為你集結了多少讀者，你也不可恃寵耍潑。

尊重讀者，首先要吸引讀者。

一生中有幾本書不能吸引讀者，這幾本書等於白寫；一本書中有幾篇文章不能吸引讀者，這幾篇文章等於白寫；一篇文章中有幾句話不能吸引讀者，這幾句話等於白寫。

完全不考慮吸引力而自命清高，也是一種人生態度，有時候還是一種值得仰望的人生態度。抱有這種人生態度的人可以做很多事情，就是不適合寫文章。

醫生檢查病人需要做心電圖，我們在寫作和修改的時候也等於在做心電圖，既是文章的心電圖，又是讀者的心電圖。心電圖一旦出現平直線，就有死亡資訊在覬覦，必須立即採取措施，把生命重新啟動。我在修改文章時也常常把自己轉換成一個醫生，用儘量苛刻的目光檢查每一個段落的心電圖，看看有哪些平直線出現了，有哪些令讀者厭倦的硬塊需要剔除。可惜等到發表時，仍然會發現不少硬塊，還是從我眼皮底下逃過去了。

在群峰插天、洪濤捲地的偉大景象前，我們如果不知驚懼、不知沉默，只是一味嘰嘰喳喳地談文化，實在要不得。如果這算是什麼「大散文」，那也寧肯不要。

所謂境界，是高出於現實苦澀的一種精神觀照。你好像猛然升騰起來了，在天空中鳥瞰著茫茫大地。

要升騰，必須掙脫世俗功利得失的座標，從而使世間的難題不再具有絕對性，甚至獲得和

諧協調的可能。

例如正像先哲所言，人的感性欲望和理性欲望本來是很難協調的，感性欲望的絕對滿足必然是人欲橫流，理性欲望的絕對滿足必然是規矩森嚴，這也是一種兩難。那麼，舉行一個舞會吧，在舞會上，人的許多感性欲望獲得滿足，但舞會是有規矩的，人類的理性命令滲透舉手投足之間。席勒說，人們通過遊戲才能把感性欲望和理性欲望協調起來。那麼舞會就是這樣的遊戲。

席勒所說的遊戲，就是一種很高的境界。這些遊戲，都因超越了功利，協調了兩難，而散發出自由和人性。在這樣的遊戲中，生活和藝術非常靠近。

終於到了這麼一天，我決定在繼續學術著述之外，去觸摸另外一個文體。此後，當我遇到那些已經解決的難題，就把它交付給課堂；當我遇到那些可以解決的難題，就把它交付給學術；當我遇到那些無法解決的難題，也不再避開，因為有一個稱之為散文的籮筐等著它。

不能把所有無法解決的難題都交付給散文。在這裏我要做一番篩選。

首先就要看一看它的無法解決是否具有人文價值。有些問題乍一看無法解決，實際上是研究和思維水平一時尚未達到，或者是某種實力角逐暫時難見分曉，這些都應排除。真正有價值的難題，大致屬於人本範疇的先天性問題；

其次我要看一看這種無法解決的難題是否能夠牽動普遍的人心。如果只是經院思辨領域的人本難題，一般也予以排除；

第三，我要看一看這種無法解決的難題一旦顯示出來，是否能夠激發人們積極的生命反應，使他們因加深人生體驗而抬起頭來，由大困惑走向大慈悲。如果只能讓人絕望，也要割捨；

最後我還要看一看這種無法解決的難題是否適合我來表達。如果無關文明和人格，無關生命的遭遇和歷史的質感，我就不會選擇。

我在構思中想得最多的，是如何把一個苦澀的難題化解成一個生動的兩難選擇過程。文章中的主角在進行兩難選擇，我自己更在進行兩難選擇，結果，把讀者也帶進了兩難選擇。這一點，幾乎成了我散文中的基本情節。

世上有一些問題永遠找不到結論卻永遠盤旋於人們心間，牽動著歷代人們的感情。祖先找過，我們再找，後代還要繼續找下去，這就成了貫通古今的大問題。文學藝術的永恒魅力，也正是出現在這種永恒的尋找中。

平生最苦惱的事是接受朋友的命題作文。這就像把我隨意拋落在一個陌生的山岡，我完全不知道能在那裏找到什麼，胡亂走去，能有什麼結果？更可怕的是，我知道這樣的胡亂腳步都在朋友們熱烈的逼視之下，所以又要裝出似乎找到了什麼，強顏歡笑，這真比什麼都累。

文學寫作的基座是個體生命。儘管現在很少再組織什麼「集體創作」，但是很多評論和評獎，卻又把個體生命的傑作拉回到集體哄鬧之中。

那種消解個體的集體哄鬧，是紙紮的龐大，空洞的合唱，是以平庸裁量傑出，是以陳舊評判創造，是一群缺少靈感和才華的文人戴著判官高帽對少數天才的指手劃腳。

靈感是生命的突然噴發。生命大於理智，因此在噴發的當口上，理智已退在一旁。評論者和評獎者什麼都懂，就是不懂靈感，那就像研究維蘇威火山的地理學者竟然完全不知道有過哪次噴發。

我的文章，一字一句都是苦磨出來的，但奇怪的是，其中最令我滿意的文筆卻並非如此。往往是，熬了很久，苦了很久，頭腦已經有些迷糊，心志已經有些木然，杯中的茶水又涼又

淡，清晰的邏輯已飄忽窗外，突然，筆下來了一些句子，毫無自信又不能阻止，字跡潦草任其流瀉，寫完也不會細加捉摸，想去改動又沒有了心緒。誰知第二天醒來一看，上上下下都不如這一段精彩。

苦思只是獲得靈感的某種準備，準備再好也可能不來，準備草率倒可能來了，這裏不存在直接的因果關係。就像深山尋瀑，並不是走的路越多，找到的可能就越大。有時走得精疲力竭也未能找到，那就是走錯了路，找錯了山，乾脆離去。世上有瀑布的山多的是，它們都在那裏等我。

同樣，如果寫作中始終沒有找到靈感，那就廢棄這篇文章。廢棄的文章中也不乏巧思，但巧思只是觸動了我的一點聰明，並未觸動我的生命。不廢棄這樣的文章，便扭曲了自己的生命。一次次的扭曲加在一起，就是生命的糟蹋。我何必花那樣大的辛苦，去描繪一個非我之我？

我讀書，多半在深夜。四周都已沉睡，只有我和作者在輕聲聊天。此間情景，像是小時候過年守夜，開始那麼熱鬧，漸漸大家都打盹了，坐在椅子上，頭一顛一顛的，只有我和祖母醒著，壓低了嗓門說話。紅蠟燭在搖曳，祖母說著以前過年的各種事情，我聽著、問著，遠處隱隱傳來兩聲爆竹，天地間安靜極了。

守歲，總像是在等待什麼。等待著上天把一段年月交割？交割給誰呢？交割時有什麼囑咐？這一切一定都在發生，因此我們不能安睡。深夜讀書的情景也與此相類，除了兩個對話者，總覺得冥冥中還有更宏大的東西在浮動，因此對話時既專心又有點分心，時不時抬起頭來看看窗外。窗外，是黑黝黝的一片。

閱讀中的對話者，有些是我特地邀請來的，從書店；有些則是自己來叩門的，叩門的聲音很沉穩，原來是厚厚一包書稿，要我寫序言。近年來寫序言的事情雖然已成為我一個不輕的負擔，但這是朋友們把自身的精神勞作和對我的信任合成了一體，我沒有理由皺眉。事實上，這也是略帶強制地讓我獲得了重要的閱讀機會。

不管哪種閱讀，我都不會被動接受。被動不是謙遜，恰恰相反，只有開啟自我才是對對方的尊重。

在夜雨中想像最好是對窗而立。黯淡的燈光照著密密的雨腳，玻璃窗冰冷冰冷，被你吐出的熱氣呵成一片迷霧。你能看見的東西很少，卻似乎又能看得很遠。風不大，輕輕一陣立即轉換成淅瀝雨聲，轉換成河中更密的漣漪，轉換成路上更稠的泥濘。你用溫熱的手指劃去窗上的霧氣，看見了窗子外層無數晶瑩的雨滴。新的霧氣又騰上來了，你還是用手指去畫，畫著畫著，終於畫出了你思念中的名字。

夜雨款款地剝奪了人的活力，因此夜雨中的想像又格外敏感和畏怯。這種畏怯又與某種安全感拌和在一起，凝聚成對小天地中一脈溫情的微微陶醉。在夜雨中與家人圍爐閒談，幾乎都不會拌嘴；在夜雨中專心攻讀，身心會超常地熨貼；在夜雨中思念友人，會思念到立即尋筆寫信；在夜雨中挑燈作文，文字也會變得滋潤蘊藉。

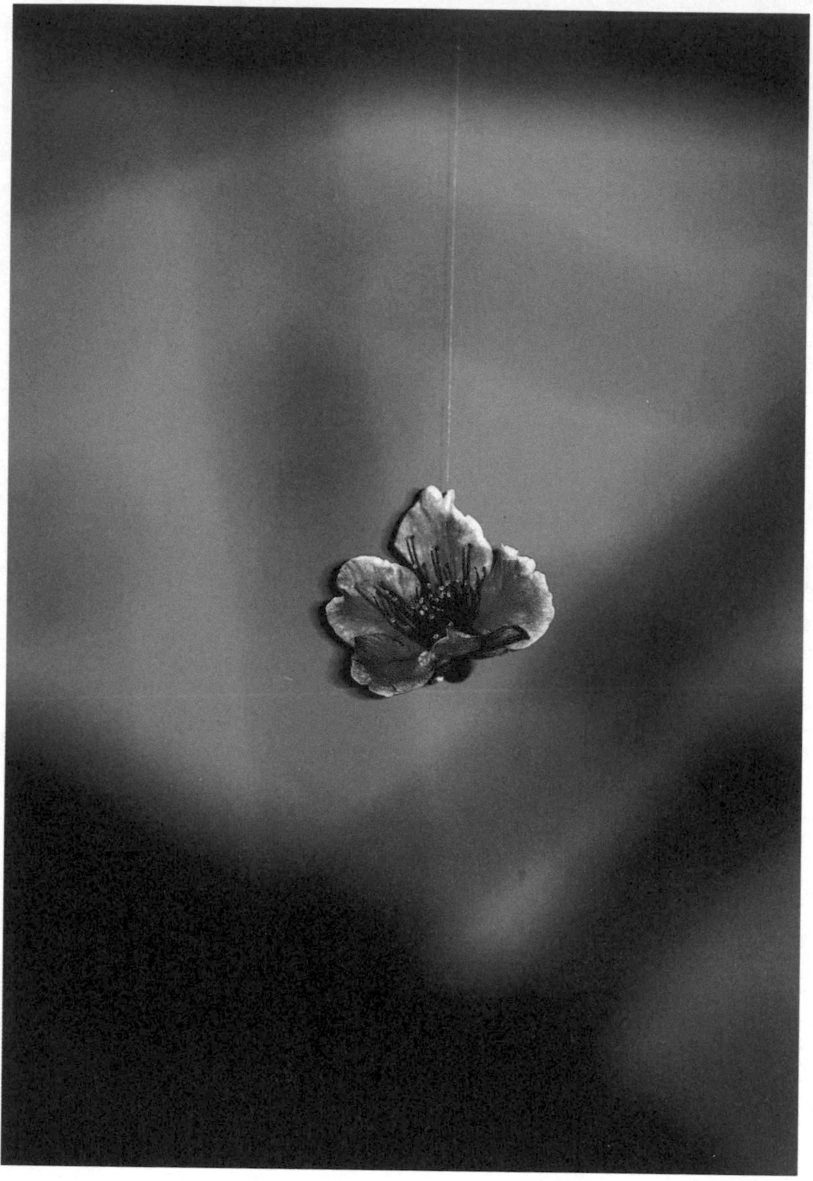

閱讀筆記

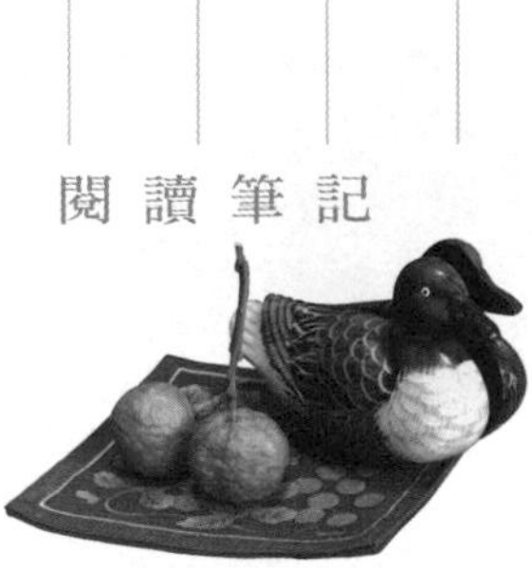

閱讀筆記

新人間叢書95

人生風景

作　者—余秋雨
編　輯—李濰美
美術設計—翁翁．不倒翁視覺創意
攝　影—許育愷．柯曉東．詹顏．安新民
企　畫—曾秉常

總編輯—余宜芳
董事長—趙政岷
出版者—時報文化出版企業股份有限公司
108019台北市和平西路三段二四〇號四樓
發行專線—（〇二）二三〇六—六八四二
讀者服務專線—〇八〇〇—二三一—七〇五
讀者服務傳真—（〇二）二三〇四—六八五八
郵撥—一九三四四七二四時報文化出版公司
信箱—一〇八九九臺北華江橋郵局第九九信箱

時報悅讀網—http://www.readingtimes.com.tw
電子郵箱—history@readingtimes.com.tw
法律顧問—理律法律事務所　陳長文律師、李念祖律師
印　刷—勁達印刷有限公司
初版一刷—二〇〇七年四月十八日
初版二十六刷—二〇二二年八月十日
定　價—新台幣三六〇元

時報文化出版公司成立於一九七五年，
並於一九九九年股票上櫃公開發行，於二〇〇八年脫離中時集團非屬旺中，
以「尊重智慧與創意的文化事業」爲信念。

ISBN 978-957-13-4649-6
Printed in Taiwan

國家圖書館出版品預行編目資料

人生風景／余秋雨著. -- 初版. -- 臺北市：
時報文化, 2007[民96]
面； 公分. --（新人間；AK0095）

ISBN 978-957-13-4649-6（平裝）

855 96006009